THE CHRONICLES OF NARNIA

C.S.刘易斯基金会特许授权版本

纳尼亚传奇

狮子、女巫和魔衣柜

[英国] C.S.刘易斯 著 保利娜·贝恩斯 绘

陈良廷 刘文澜 译

译林出版社

图书在版编目（CIP）数据

纳尼亚传奇. 狮子、女巫和魔衣柜 / （英）C. S. 刘易斯（C. S. Lewis）著；（英）保利娜・贝恩斯（Pauline Baynes）绘；陈良廷，刘文澜译. —南京：译林出版社，2023.12（2024.12重印）

书名原文：The Lion, the Witch and the Wardrobe

ISBN 978-7-5753-0041-4

Ⅰ.①纳… Ⅱ.①C… ②保… ③陈… ④刘… Ⅲ.①儿童小说－长篇小说－英国－现代 Ⅳ.①I561.84

中国国家版本馆 CIP 数据核字（2024）第 002484 号

著作权合同登记号　图字：10-2019-529 号
The Narnia website: www.narnia.com

纳尼亚传奇：狮子、女巫和魔衣柜［英国］C. S. 刘易斯 / 著　陈良廷　刘文澜 / 译

总 策 划　约读书房
执行策划　刘雅晴　刘新莉
插　　图　［英国］保利娜·贝恩斯
责任编辑　宋　旸
装帧设计　胡　苨
校　　对　施雨嘉
责任印制　单　莉

原文出版　HarperCollins Children's Books, 1998
出版发行　译林出版社
地　　址　南京市湖南路 1 号 A 楼
邮　　箱　yilin@yilin.com
网　　址　www.yilin.com
市场热线　025-86633278
排　　版　南京展望文化发展有限公司
印　　刷　江苏凤凰通达印刷有限公司
开　　本　1400 毫米 × 1000 毫米　1/32
印　　张　8.25
版　　次　2023 年 12 月第 1 版
印　　次　2024 年 12 月第 2 次印刷
书　　号　ISBN 978-7-5753-0041-4
定　　价　32.80 元

献给 露茜·巴菲尔德

亲爱的露茜，

这个故事是写给你的，不过我动笔时，就意识到小女孩比书长得要快。现在你已经长大到过了读童话的年纪。等到这个故事印出来再装订好，你会长得更大了。不过有一天，你会长大到要再读童话。到那时，你就可以从书架上层把它取下来，擦掉上面的灰尘，然后跟我说说你的读后感。我大概会耳朵聋得听不见，也老得不明白你说的，一个字也不能，可我永远都会是——

深爱你的教父

C. S. 刘易斯

目 录 / *Contents*

1
露茜初探魔衣柜

从前有四个孩子，名字叫彼得、苏珊、爱德蒙和露茜。这个故事说的是大战期间他们躲避空袭，离开伦敦，被送走时发生的事情。他们被送往一个老教授的家，教授住在偏僻的乡下，离最近的火车站有十英里，离最近的邮局也有两英里。他没有妻子，跟一个管家麦克里迪太太以及三个仆人住在一座很大的房子里，这三个仆人名叫艾维、玛格丽特和贝蒂，不过这个故事里不大提到他们。教授本人年纪很老了，不但长着满头蓬松的白发，而且大半个脸上也长满了蓬松的白毛，孩子们一见到他几乎顿时就喜欢他了；不过头天晚上他到前门来接他们的时候，见到他这副怪模样，年龄最小的露茜倒有点怕，老三爱德蒙却想笑，只好假装一直在擤鼻涕来掩饰过去。

头天晚上他们刚向教授道了晚安上楼，两个男孩就来到女孩子的房间，大家一下子谈开了。

“我们真走运，”彼得说，“这儿真太好了。我们爱怎么干，那个老家伙就会让我们怎么干。”

“我认为他是个老可爱。”苏珊说。

“哦，别胡扯了！”爱德蒙说，他明明累了，偏要装作不累，总是弄得脾气很坏。“别老像那样说话。”

“像什么啊?”苏珊说,“不管怎么说,现在是你上床的时候了。”

“你就想学妈妈那样说话。”爱德蒙说,“你算老几,轮到你来说我什么时候该上床?你自己上床去吧。”

“我们大家最好都上床去吧!”露茜说,“要是有人听见我们在这儿说话,准会骂人的。”

“不,不会的,”彼得说,“我告诉你们,这种房子里可没人会管我们在干什么。反正他们也听不见我们。从这儿下去到餐厅大概要走十分钟呢,当中还有那么多楼梯和走廊。”

“什么声音?”露茜突然说。这屋子比她以前住过的大得多,想到那么些长长的过道,一扇扇房门通向一间间空荡荡的房间,她不由得有点浑身发毛。

“只是一只鸟罢了,傻瓜。”爱德蒙说。

“是只猫头鹰,”彼得说,“这儿将成为鸟的好天地啦。现在我要去睡了。听着,让我们明天就去探险吧。在这样的地方你什么东西都可能发现。我们一路上来的时候你们都看到那些高山了吧?还有树林?那儿可能有鹰。可能有牡鹿。还会有秃鹰。”

“有獾!”露茜说。

“有狐狸!”爱德蒙说。

“有兔子!”苏珊说。

谁知到了第二天早晨,雨却下个不停,雨点密密麻麻,往窗外望去,既看不见高山,也看不见树林,连花园里的小溪也看不见了。

“天总归要下雨的!”爱德蒙说。他们刚和教授一起用完早餐,上楼来到他给他们留出的房间——一间又长又矮的房间,两边各有一扇向外开的窗子。

“别抱怨了,爱德,”苏珊说,“再过一小时左右,八成就会天晴的。现在我们也够舒服的了,又有无线电,又有很多书。”

“我才不稀罕呢，”彼得说，“我要在房子里探险。”

大家都赞成这个主意，这次探险也就这么开始了。这房子就是你好像永远也走不到头的那种，到处都是意想不到的地方。他们开头闯进几扇门，里面只是几间空的卧室，一点也不出乎意料；但不久他们就来到一间长长的房间，里面挂满了画，他们还在那儿发现了一套盔甲；此后又来到一间房间，里面挂满了青枝绿叶，角落里还有一架竖琴；然后走下三级楼梯，再走上五级楼梯，来到楼上一个小穿堂，有扇门通向一个阳台；再后来就来到一连串彼此相通的房间，里面堆满了书——大部分都是很旧的书，有的书比教堂里的《圣经》还大。不久以后他们又走进一间房间，里面空空荡荡的，只有一只大衣柜；衣柜就是门上有面镜子的那种。这屋里除了窗台上有一盆枯萎的矢车菊以外，什么也没有。

“那儿没什么！”彼得说，他们就又匆匆走了出来——除了露茜。她待在后面是因为她心里想，打开衣柜门来看看也好，尽管她觉得柜门准保是锁着的。没想到柜门竟一下子打开了，还有两个樟脑球滚了出来。

她往衣柜里看看，只见里面挂着几件大衣——大部分都是长皮大衣。露茜最喜欢闻皮大衣的味儿和触摸皮大衣的感觉了。她马上走进衣柜，钻到大衣中间，脸蛋在皮大衣上摩几下，当然，她让柜门大开着，因为她知道把自己关在大衣柜里是非常愚蠢的。不久她就朝里走了，发现第一排大衣后面还挂着第二排大衣。衣柜里好黑，她向前伸出两臂，免得一头撞到柜子的背板上。她往里走了一步，又走了两三步，老以为手指尖就会摸到木板，但摸来摸去摸不到。

“这口衣柜一定大得要命。”露茜想着，一面还在往里走，一面推开层层叠叠软绵绵的大衣，好空出点地方。后来她注意到脚下有东西在咯吱咯吱响。“不知那是不是樟脑球？”她想，一面弯下身子用手摸。但她没摸到柜底那又硬又光的木板，却摸到软乎乎、冷冰冰、像粉末似的东

西。“这可真怪。”她说着又往里走了两步。

过了一会儿，她发现擦在她脸上和手上的不再是软软的毛皮，而是又硬又粗甚至有点刺人的东西了。“咦，这简直像树枝了！”露茜叫道。说罢她看见前面有一点亮光，这光竟不是从几英寸以外原该是那衣柜后背的地方来的，却是从很远的地方来的。有什么凉飕飕、软绵绵的东西不停地落在她身上。又过了一会儿，她才发现自己站在一片树林中间，这儿是晚上，脚下全是雪，雪花在空中飞舞。

露茜感到有点害怕，但她同时也觉得好奇和激动。她回头看看，在黑咕隆咚的树干中间，她仍然看得见衣柜开着的门，甚至还看见她刚才走进来的那间空房间。（当然，她让衣柜门大开着，因为她知道把自己关在一口衣柜里是件蠢事。）屋子里看来还是白天。“要是出了什么事，我总可以回去的。”露茜心想。她开始朝前走了，咯吱咯吱地踩在雪地上，穿过树林，往那点亮光走去。

大约走了十分钟，才走到那儿，一看，这亮光原来是一根路灯柱。她站在那儿瞧着路灯柱，不知道树林中间为什么有根路灯柱，也不知道下一步该怎么办。她听见一阵噼里啪嗒的脚步声朝她走来。不久她就看见一个十分奇怪的人从树丛中出来，走进路灯光下。

这人只比露茜高一点儿，撑着一把伞，伞上全是雪。他上半身样子像个男人，但他的腿却像山羊腿（腿上还有油光光的黑毛），脚上竟是山羊蹄子。他也有条尾巴，不过露茜开头倒没注意，因为尾巴整整齐齐提起来搭在撑伞的那条胳膊上，免得拖在雪地里。他脖子上围了条红围巾，皮肤也红通通的。他那张小脸长得怪怪的，但表情很愉快，留着一部又短又尖的胡子，鬈发里矗出两只角，长在前额上，一边一只。我刚才说过，他一只手打着伞，另一条胳膊下夹着几个棕色纸包。从纸包和雪看来，仿佛他刚刚是在为圣诞节采购东西。他是一只羊怪。当他看见露茜时，他奇怪得不得了，连手里的纸包都掉在地上了。

“我的天哪！”羊怪叫道。

2

柜中天地

“晚上好。”露茜说。不过羊怪忙着捡他的纸包，开头并没有回答。等他捡完了，才对她稍稍鞠了一躬。

“晚上好，晚上好，”羊怪说，“对不起——我不想刨根问底——不过要是我没弄错，你就是一个人类的女儿吧？”

“我叫露茜。”她弄不大懂他的意思。

“但你是——请原谅——你是所谓的小姑娘吧？”羊怪问道。

“我当然是个小姑娘。”露茜说。

“你真的是人？”

“我当然是人。”露茜说，她还是有点弄不明白。

“一点不错，一点不错，”羊怪说，“我多笨啊！不过我以前从来没见过人类的儿子和人类的女儿。我很高兴。换句话说——”话到嘴边又住口了，仿佛他刚才要说什么原来不打算说的话，而及时想起来了似的。“很高兴，很高兴，”他接着说下去，“允许我自我介绍一下。我叫图姆纳斯。”

“很高兴认识你，图姆纳斯先生。”露茜说。

“哦，露茜，人类的女儿，”图姆纳斯先生说，“请问你是怎么到纳尼亚来的？”

“纳尼亚？纳尼亚是什么呀？”露茜说。

“我们现在就在纳尼亚的国土上，”羊怪说，“从路灯柱起直到东海的凯尔帕拉维尔大城堡，当中所有的土地都是纳尼亚的土地。而你——你是从西面那片野林子里来的吧？”

“我——我是从空房间里穿过大衣柜进来的。”露茜说。

“啊！”图姆纳斯先生的声音相当忧郁，“我小的时候要是能多在地理上用点工夫就好了，那样我就能知道所有那些奇怪的国家。现在已经太晚啦。”

“可那根本不是国家，”露茜说着几乎要笑出来了，“只不过是在后面那儿——至少——我不太确定。那儿正是夏天。”

图姆纳斯先生说：“纳尼亚现在是冬天，而且进入冬天已经很久了，要是我们只顾站在雪地里说话，我们俩都会着凉的。人类的女儿啊，你来自远方的空房间国，永恒的夏天统治着明亮的大衣柜城，你愿意来跟我一起喝杯茶吗？”

“非常感谢，图姆纳斯先生，”露茜说，“不过我不知道是否应该回去了。”

“就在拐角上，”羊怪说，“我屋里有旺旺的炉火——还有烤面包——还有沙丁鱼——还有蛋糕。”

“好吧，你真客气，”露茜说，“可我不能待得太久。”

“人类的女儿，要是你拉着我的胳膊，”图姆纳斯先生说，“一把伞就能遮住我们两个人。就是那条路。好了——我们走吧。”

就这样，露茜不知不觉地跟这个奇怪的动物手挽手穿过树林走去，仿佛他们已经相识了一辈子。

他们没走多远就来到一个地势高低不平，到处都是岩石，山峦起伏的地方。在一个小山谷谷底，图姆纳斯先生突然拐到边上，好像他要笔

直冲进一块大得出奇的岩石里去，最后露茜才发现原来他正领着她走进一个石窟口。他们一进去，露茜就发现自己被柴火光照得睁不开眼。这时图姆纳斯先生弯下腰，拿了一把小巧的火钳，从火堆里夹起一块木柴把灯点上。“好了，用不了多久。”他说着立刻放上一把茶壶。

露茜心想，自己从来也没到过比这更好的地方了。这是个又干燥又干净的红石头凿的小石窟，地上铺着条地毯，两把小椅子（“一把给我坐，还有一把给朋友坐。”图姆纳斯先生说），还有一张桌子，一个食具柜，火堆上面有个壁炉台，那上头是一幅有白胡子的老羊怪画像。石

窟的一个角落里有一扇门，露茜想那一定是图姆纳斯先生卧室的门，一面墙上还有个放满了书的书架。羊怪在摆茶具的时候，露茜就看着这些书。书名有《塞利努斯①传记和书信集》、《宁芙②和她们的手段》、《人、僧侣和猎场看守人》、《民间传说研究》和《人是神话吗？》。

“来吧，人类的女儿！”羊怪说。

这的确是一顿美味可口的茶点。每人一个煎得嫩嫩的、焦黄的蛋，沙丁鱼加烤面包片，接着是抹黄油的烤面包，抹蜂蜜的烤面包，然后是一只糖面蛋糕。等露茜吃不下了，羊怪就开始聊天。他肚子里有好多森林生活的奇妙故事。他谈起半夜里的舞会，住在泉水里的宁芙和住在树上的树精③出来跟羊怪一起跳舞的趣事；谈起长长的打猎队追逐着那头奶白色牡鹿，如果你能抓住那头鹿，它就能让你实现愿望；谈起跟野蛮

---

① 希腊神话中森林神的首领。
② 希腊及罗马神话中住在山林和水边的仙女。
③ 原指希腊神话中的森林女神，精灵附于树体，树一旦枯死，树精就不存在了。

的红矮人在深深的矿井里和森林地下深处的大山洞里一起尽情吃喝和觅宝的事；后来又说到了夏天，树林都绿油油的，老塞利努斯骑着他的肥驴来探望他们，有时候酒神也来，到那时小溪里流的就都是酒，不是水了，整个森林会连续几个星期沉浸在欢乐中。“这并非说现在不是终年都是冬天。”他阴郁地加了一句。接着为了让自己高兴起来，他从食具柜上的笛盒里拿出一支奇怪的小笛子吹了起来，这笛子看上去像稻草秆做的。他吹的调子使露茜听了一时又想哭又想笑，又想跳舞又想睡觉。约莫过了几个小时，她才打起精神说：

“哦，图姆纳斯先生——真对不起，打断你一下，我真喜欢那支曲子——不过说真的，我必须回家去了。我本来只打算待几分钟的。”

“要知道，现在可不行了。”羊怪说着放下笛子，一面十分伤心地对

她摇摇头。

“不行？”露茜说着跳了起来，感到有点儿害怕了。“你这是什么意思？我得马上回家去。别人还以为我出了什么事呢。”过了一会儿她又问道，“图姆纳斯先生，到底是怎么回事啊？”因为羊怪棕色的眼睛里已经饱含泪水，随后，眼泪一滴滴淌在脸上，不久就从鼻尖上顺流而下，最后他竟双手掩面，号啕大哭起来。

“图姆纳斯先生！图姆纳斯先生！”露茜十分苦恼地说，“别哭呀！别哭呀！怎么回事？你不舒服了吗？亲爱的图姆纳斯先生，千万告诉我出了什么事。”但羊怪继续抽抽搭搭，仿佛心都碎了似的。甚至露茜走过去，双臂搂着他，还把自己的手绢借给他，他也止不住。他只是接过手绢一直擦啊擦的，手绢太湿没法用了，他就用双手把它拧干，弄得露茜眼下站的那一小块地方都湿了。

“图姆纳斯先生！”露茜在他耳边大声叫道，还摇摇他，“别哭了。马上停止！像你这么大的羊怪，真该为自己害臊。你到底为什么哭呀？”

“呜——呜——呜！”图姆纳斯先生呜咽道，“我哭的是自己是一只很坏很坏的羊怪。”

“我一点也不认为你是只坏羊怪，”露茜说，“我认为你是只很好的羊怪。你是我看见过的最好的羊怪。”

“呜——呜，如果你知道了真相，你就不会那么说了。”图姆纳斯先生边哭边说，“不，我是一只坏羊怪。我看，开天辟地以来，没有比我更坏的了。”

“可是你干了什么呢？”露茜问。

“瞧，我的老爹，”图姆纳斯先生说，“壁炉台上面就是他的画像。他就永远也干不出这种事来。”

“哪种事啊？”露茜问。

“像我干过的事呗。”羊怪说，“在白女巫手下干活。我就是这种人。我是受白女巫雇用的。”

“白女巫？她是什么人？”

“咦，把整个纳尼亚抓在手心里的就是她呀。使这儿一年到头都是冬天的也是她。老是冬天，还从来不过圣诞节，你想想看！”

“多可恶！”露茜说，“可她雇用你干什么呢？”

“糟就糟在这儿，”图姆纳斯先生长叹了一声说，“我是她的一个拐子，那就是我的真面目。瞧瞧我，人类的女儿。我在树林里碰到一个可怜无辜的孩子，这孩子从来没伤害过我，我假装对她很友好，请她上我的山洞来，就为了哄她睡着，然后把她交给白女巫，你相信我就是那号羊怪吗？”

“不，”露茜说，“我肯定你不会做那种事的。”

“可我已经干了。”羊怪说。

“这个嘛，”露茜慢慢地说（因为她既想说真话，又不想对他太凶），“这个嘛，就很不好了。不过你为这事这么难过，我相信你决不会再干这种事了。”

“人类的女儿，难道你还不明白？”羊怪说，“这不是我干过的事。这是我眼前正在干的事，就在此时此刻。”

“你这话是什么意思？”露茜叫道，脸也发白了。

“你就是那孩子，”图姆纳斯先生说，“我奉白女巫的命令，如果在树林里看见一个人类的儿子或女儿，我就要把他们抓起来交给她。而你就是我第一个遇到的。我装成你的朋友，请你来吃茶点，可这段时间我一直有意在等你睡着，然后去报告她。”

“哦，可你不会去的，图姆纳斯先生。”露茜说，“你不会去的吧？真的，真的，你千万不能去。”

“我如果不去的话，”他说着又哭了起来，“她准会查出来的。那她就会割掉我的尾巴，锯掉我的角，她会在我漂亮的偶蹄[①]上挥动魔杖，把它们变成那种难看的奇蹄[②]，就跟倒霉的马蹄一样。还有，要是她特别生气，她会把我变成石头，我就将成为她那阴森森房子里的一个羊怪塑像，直到凯尔帕拉维尔的四个宝座都坐满了的时候——天知道要等到哪年哪月，也不知到底会不会有这种事。”

“我很抱歉，图姆纳斯先生，”露茜说，“不过请你让我回家去吧。”

“我当然会让你回家去，”羊怪说，“我当然得让你回去。现在我明白这一点了。认识你之前我从来不知道人是什么样子。我当然不能把你交给女巫；既然现在我认识你了，就不能把你交出去。不过我们得马上动身。我会送你回到路灯柱那儿。我想你到了那儿，就能找到回空房间和大衣柜的路了吧？”

“我准能找到。”露茜说。

“我们一定要尽可能悄悄地去，”图姆纳斯先生说，“整个树林都布满了她的探子。甚至有些树也站在她一边。”

他俩站起来，把茶具留在桌上，图姆纳斯先生又一次撑起了伞，让露茜挽住他的胳膊，他们就走出山洞到雪地里去了。回去的路完全不像到羊怪石窟去的那条路；他们一句话也不说，偷偷摸摸赶快走着，图姆纳斯先生还一直挑那些最暗的地方走。他们走到路灯柱那里，露茜才松了口气。

---

① 哺乳动物中，牛羊属偶蹄目，四脚各有四趾，趾端有蹄，中间两个最发达。

② 马的四足都只有一个蹄，故称奇蹄。

“人类的女儿，从这儿走你认得路吗？”图姆纳斯先生问。

露茜拼命在树缝间张望，只见远处有一小块亮光，像是白天的光。“认得，”她说，“我看得见大衣柜的门了。”

“那么你尽快回家去，”羊怪说，“还有——你——能原谅我本来打算干的事吗？”

“哦，我当然能原谅啦。”露茜说着热情地跟羊怪握手，“我真希望你别为了我惹出什么可怕的麻烦才好。”

“永别了，人类的女儿，”他说，“也许我能留下这块手绢吧？”

“当然！”露茜说，接着她撒腿拼命向远处那片白天的光奔去。不一会儿她就感觉到掠过她身边的不是粗糙的树枝，而是大衣，脚下不是咯吱咯吱的雪而是木板。突然间她不知不觉就跳出了大衣柜，回到原来那个空房间——整个探险就是从这儿开始的。她把身后的衣柜门牢牢关好，气喘吁吁，四下张望。天还在下雨，她听得见过道上其他人的声音。

“我来了，”她嚷道，“我来了。我回来了。我没事儿。”

3

爱德蒙和魔衣柜

露茜奔出空房间，来到过道里，找到另外三个孩子。

“没事了，”她又说了一遍，“我回来了。”

“你究竟在说些什么呀，露茜？”苏珊问。

“咦？”露茜惊讶地说，“难道你们大家不觉得奇怪，我究竟上哪儿去了吗？”

“原来你躲起来了？”彼得说，“可怜的露，躲起来偏偏没人注意！如果你想要人家找你，就该多躲一会儿才对。”

“可我已经去了好几个小时了。”露茜说。

其他人都面面相觑。

“怪事！”爱德蒙说着拍拍脑袋，“真怪。”

“你这是什么意思，露？”彼得问。

“我要说的就是，”露茜答道，“我进衣柜的时候刚吃过早饭，我去了好几个小时，还吃了茶点，还发生了各种各样的事情。”

“别犯傻了，露茜，”苏珊说，“我们刚从那间房里出来一会儿，你就来了。”

“她一点也不傻，”彼得说，“她只是编个故事好玩罢了，对吗，露？她何乐而不为呢？”

“不，彼得，我没编，”她说，“这是——这是一个有魔法的衣柜。里面有片树林，那儿在下雪。还有一只羊怪和一个女巫，那地方叫纳尼亚。来看看吧。”

那三个都不知怎么是好，可是露茜很激动，他们只好跟着她一起回到房间里。她冲在前头，猛地打开衣柜门，叫道：“好了！你们自己进去看吧。”

“咦，你这个笨蛋，”苏珊说着，头伸进去，一面把皮大衣拉开，“这只是一个普普通通的衣柜罢了，瞧！这儿就是背板了。”

接着每个人都往里看，把大衣拉开，他们都看见了——露茜本人也看见了——一只十分普通的衣柜。里面没有树林，没有雪，只有背板，上面还有一只只衣钩。彼得走进去，还用指关节在板上敲敲，看看这板是否结实。

“开了个好大的玩笑，露。”他说着又走了出来，“我得承认，你真把我们骗了。我们都有点相信你了。”

“可这根本不是玩笑，”露茜说，“千真万确。刚才完全不是这样的。我向你们保证，真的是这么回事。”

“好了，露，”彼得说，“这样就有点过分了。你已经开过玩笑了。现在就别提它了好吗？”

露茜脸涨得通红，想说点什么，可又不知道说什么好，不由得哭了起来。

接下来几天她可惨了。要是她能让自己开口说一声这完全是为了好玩而编出来的一个故事，她本倒可以毫不费力地跟其他三个孩子和好。但露茜是一个非常诚实的女孩子，而且她知道自己真的有理，因此她不能说这种话。其他三个认为她在说谎，而且还是一个无聊的谎话，使她非常不快。两个大孩子这么做并不是有意的，但爱德蒙就可能是恶意的。他对露茜冷嘲热讽，不断问她在这幢房子别的柜子里有没有发现新的国家。按说这些日子本该过得快快活活的。那几天天气好，他们从早到晚都在户外活动，洗澡啊、钓鱼啊、爬树啊、掏鸟窝啊、躺在树丛里啊。可是露茜对任何活动都不觉得好玩。就这样一天天过下去，直到又碰上下雨天。

那一天，到了下午，天还没有放晴的迹象，他们决定玩捉迷藏。由苏珊来捉；大家刚散开，露茜就来到那个有衣柜的房间。她并没打算藏到衣柜里，因为她知道那样只会引得别人又谈起那件倒霉的事。不过她的确想再到里面去看看，因为这会儿连她自己都怀疑纳尼亚和羊怪的事是不是一场梦。这幢房子这么大，这么复杂，到处都是躲藏的地方，因此她想她有时间再去探一探衣柜，然后再躲到别的地方去。但她刚走到衣柜前就听见外面过道里有脚步声，她没有别的办法，只好跳进衣柜随手关上了门。她并没有把门完全关上，因为她知道即使这衣柜不是魔柜，把自己关在里面总是件大蠢事。

这会儿她听见的脚步声原来是爱德蒙的；他走进来的时候正好看见露茜消失在衣柜里。他立刻决定自己也要进去——这倒不是因为他觉得这是个特别好的藏身之地，而是因为他要继续取笑她那个想象出来的国家。他开了门。里面照例挂着几件大衣，还有一股樟脑球的气味，黑乎乎、静悄悄，没有露茜的踪影。爱德蒙自言自语道：“她当我是苏珊来抓她了，所以悄悄地躲在后面呢。”他跳了进去，把门关上，忘记了这样干可是一件大蠢事。接着他就在黑暗中开始摸索着找露茜。他原以为用不了一会工夫就可以找到她，没料到竟找不到。他决定再把门打开，放点亮光进来。可他连门也找不到了。他一点也不喜欢这种情况，就开始四面八方乱摸一气，甚至还大声叫唤：“露茜！露！你在哪儿？我知道你在这儿。”

没人回答。爱德蒙注意到他自己的声音有点怪——这不是在柜子里说话的那种声音，而是在露天的声音了。他还注意到自己觉得出乎意外的冷；接着他看见一点亮光。

“谢天谢地，”爱德蒙说，“那扇门一定是自动开了。”他完全忘了露茜，只顾往他认为是衣柜门的那点亮光走去。但他发现自己并没走到空房间里，而是从一些大黑冷杉树的阴影中走出来，来到树林当中的一块空地上。

他脚下是松脆的干雪，树枝上的雪更多。头顶上是一片淡蓝的天空，这种天色就像人们在晴朗的冬天早晨看到的一样。正前方，他从树干之间看见太阳刚刚升起，红通通的，十分明亮。一切都是静悄悄的，仿佛他是那地方唯一的生物。森林里甚至连一只知更鸟或一只松鼠都没有，无论他朝哪个方向看，都只有望不到头的树。他发抖了。

这会儿他才记起自己是在寻找露茜；也记起自己原来听她说起“想象中的国家”时，对她是多么刻薄，而现在证明这一切完全不是想象出来的。他想她一定就在附近，因此就大声叫道：“露茜！露茜！我也在这儿——我是爱德蒙。”

没有回答。

“她还在为我最近说的那些话生气呢。”爱德蒙想。虽然他不喜欢承认自己错了，他也不喜欢孤零零地待在这个又陌生、又寒冷、又寂静的地方，因此他又大声叫喊道：

“喂，露！对不起，我没相信你的话。我现在才明白你一直是对的。快出来吧。讲和吧。”

“真是个小女孩，”爱德蒙自言自语道，“躲在哪儿生闷气，不肯听人家赔不是。”他又朝四下望望，认定自己不大喜欢这个地方，就在他几乎打定主意回家去的时候，远处树林里传来一阵铃声。他听着，那铃声越来越近，最后他看见两只驯鹿拉着一辆雪橇过来了。

驯鹿的个儿跟雪德兰小马驹①一般大小，毛色很白，相比之下，连地上的积雪都不算白了；分杈的鹿角在朝阳照射下镀上了一层金，像着火了一般闪闪发光。雪橇的挽具是鲜红的皮做的，缀满了铃铛。雪橇上坐着一个胖胖的小矮人赶车，要是他站着，可能有三英尺高。他身穿白熊皮衣服，头上戴一顶红色风帽，帽尖上垂下一绺长长的金流苏；他那把大胡子像条毯子，拖在膝盖上。可是在他后面，雪橇中间有个高得多的座位，却坐着一个与众不同的人——一位贵夫人，比爱德蒙见过的任何女人都高。她浑身上下也盖着白色毛皮，一直遮到脖子，右手拿了根又长又直的金魔杖，头上戴了一顶金王冠。她的脸很白——不只是苍白，而是白得像雪、像纸，或者像糖霜，只有她的嘴唇血红。从其他方面来看，这张脸长得很美，但又傲慢又冷酷又严厉。

雪橇铃铛叮当响着，向爱德蒙飞驶而来，小矮人噼噼啪啪地挥动鞭子，雪橇两面的雪都飞溅起来，这情景可真好看。

“停！”那位夫人说。小矮人猛地收缰，勒得几头驯鹿差点都要蹲下了；随后鹿儿才恢复过来，站着格勒勒地咬嚼子，喷着气。在严寒的空气里，驯鹿鼻孔里喷出来的气就像一缕缕白烟。

“请问你是什么东西？”那位夫人严厉地瞧着爱德蒙说。

“我是——我是——我名叫爱德蒙。”爱德蒙有点尴尬地说。他可不喜欢她看着他的这副模样。

---

① 雪德兰小马驹是产于苏格兰北部雪德兰群岛上的小马，毛粗，体小，耐劳。

夫人皱起了眉头。“你就这么对一位女王说话?”她问道，看上去比刚才更严厉了。

“请原谅，陛下，我不知道。”爱德蒙说。

“不知道纳尼亚的女王?”她叫道，“嘿！今后会叫你更了解我们的。我再说一遍——你是什么东西?”

“对不起，陛下，”爱德蒙说，“我不知道你是什么意思。我在学校念书——至少以前是这样——现在放假了。”

4

土耳其软糖

“可你是什么东西呢？”女王又说，“你难道是一个长过了头的大矮人，把胡子都刮掉了？”

“不是的，陛下，”爱德蒙说，“我从来没有胡子，我是个男孩。”

“男孩！”她说，“你是说你是人类的儿子？”

爱德蒙站在那儿一动也不动，一声不吭。这时他已经糊涂了，听不懂这话的意思。

“不管你是什么东西，我看你是个傻瓜。”女王说，“你一定要干脆地回答我，否则我就要发脾气了。你是人吗？”

“是的，陛下。”爱德蒙说。

“那么请问，你怎么到我的领土上来的？”

“对不起，陛下，我是从一口大衣柜里走进来的。”

“大衣柜？你这是什么意思？”

“我——我开了一扇门，就发现自己在这儿了，陛下。”爱德蒙说。

“嘿！”女王说，她的口气像自言自语，不大像对他说话。“一扇门。一扇人世界的门。我听说过这种事。这会把事情全搞糟的。不过他只是一个人，很容易对付。”她说这些话的时候，身子从座位上站起来，直盯着爱德蒙，两眼闪闪发光，同时还举起了魔杖。爱德蒙感到她一定要干什么可怕的事了，但他似乎动弹不得。后来，正当他认为自己只有死路一条时，她似乎改了主意。

“可怜的孩子，”她换了一副完全不同的口气，“你看上去多冷啊！来吧，跟我一起坐在雪橇上。我会把我的围巾给你围上，我们来说说话。”

爱德蒙一点也不喜欢这种安排，但他不敢违抗；他踏上雪橇，站在她脚边，她拿起皮毛围巾的一角裹着他，还把围巾塞塞好。

“也许你要喝点什么热的吧？”女王问道，“你要吗？”

“好的，陛下。”爱德蒙说，他的牙齿都在打战了。

女王从她盖的东西中拿出一个很小的瓶子，看上去好像是个铜瓶。接着，她伸出手臂，让瓶子里的东西滴一滴在雪橇旁的雪地上。爱德蒙看见那滴东西在半空中亮得像颗钻石，但一碰到雪地就有一阵嘶嘶的声音，顿时出现了一只镶有宝石的杯子，盛满了热气腾腾的东西。小矮人

立刻拿起这只杯子，对爱德蒙鞠了一躬，含笑把杯子递给他——那笑容可不大友好。爱德蒙开始喝这杯热饮料时，就觉得好多了。他从来没尝过这种饮料，非常甜，有好多泡沫，还有奶油，喝下肚他从头到脚都暖和了。

“人类的儿子，光有喝的，没有吃的，多乏味呀。”不一会儿女王说，“你最喜欢吃什么？”

“请给我来点土耳其软糖[1]，陛下。”爱德蒙说。

女王从瓶子里又滴了一滴东西在雪地上，那儿立刻出现了一只用绿丝带扎起来的圆盒子，打开盒子一看，里面有几磅上等土耳其软糖，每一块糖吃到中间都还是香甜松软的，爱德蒙还从来没吃过这么可口的东西呢。这会儿他挺暖和，也很舒服。

他吃糖的时候，女王不断问他各种问题。开头爱德蒙还尽力记住吃东西时讲话不礼貌，但他不久就忘了这一点，只想着拼命把土耳其软糖往嘴里塞，他越吃越想吃，根本就没问过自己女王为什么这么爱刨根问底。她从他嘴里套出他有一个哥哥、一个姐姐、一个妹妹，妹妹已经来过纳尼亚，还遇到了一个羊怪，还套出除了他本人和他的哥哥、姐妹外，谁也不知道纳尼亚的事。女王似乎对他们一共是四个人这事特别感兴趣，老是把话题转回到这一点上。“你肯定只有你们四个？”她问，“两个人类的儿子，两个人类的女儿，不多也不少？”爱德蒙满嘴土耳其软糖，只顾说“是啊，我早告诉过你了”，却忘了称她“陛下”，但眼下她似乎不在意了。

最后，土耳其软糖全吃光了，爱德蒙使劲盯着空盒子，希望她会问他是否还想来一点。也许女王十分明白他的心思，因为她知道这是一种

① 土耳其软糖是一种外面包有一层巧克力或糖粉，中间是奶白色果冻状的软糖。

施了魔法的土耳其软糖，任何人吃过一回，就会想再吃、再吃，如果听任他们吃的话，吃得命都会送掉。然而爱德蒙却不知道这一点。不过她可再也不给他吃了，而是对他说：

“人类的儿子，我真想见见你的哥哥和你的姐妹。你带他们到我这儿来好吗？”

“我试试看吧。”爱德蒙说道，仍然望着那只空盒子。

“因为，如果你真的再来的话——当然你要带他们一起来——我就能再给你一些土耳其软糖。现在我不能给了，魔法只施一回才灵。在我自己家里那就是另外一回事了。”

“那我们干吗不能现在就上你家去呢？”爱德蒙说。他刚坐上雪橇时本来害怕她可能带他到什么没听说过的地方去，会回不来，如今他已经忘记了那份担心。

“我家是个可爱的地方，”女王说，“你准会喜欢的。那儿有整间整间的屋子都堆满了土耳其软糖。而且，我自己没有孩子。我想要一个好孩子，能抚养他成为一个王子，等我归天后就可以当纳尼亚的国王。等他成了王子，就会戴上金王冠，整天吃土耳其软糖；而你正是我看到的年轻人当中最聪明也是最英俊的。我想我愿意把你立为王子——有朝一日，等你把其余三个都带来看我的时候。”

“为什么不是现在呢？”爱德蒙问。他的脸变得非常非常红，嘴巴和手指都黏糊糊的。不论女王怎么说，他看上去可既不聪明也不英俊。

“哦，要是我现在就带你上那儿去，”她说，“我就看不见你的兄弟姐妹了。我非常想见见你几个可爱的家人。你将要成为王子——此后——成为国王；这是不用说的了。但你一定得有大臣和贵族。我会封你哥哥当个公爵，你的姐妹当女公爵。”

“他们可没什么特别的，”爱德蒙说，“不管怎么说，我迟早会带他们来的。”

“啊，不过你一旦到了我家，”女王说，“兴许你就把他们全忘了。你会过得非常快活，不愿意多费事去把他们带来了。不行，你一定得现在就回自己的国家去，改天跟他们一起上我这儿来。你明白吗，不跟他们一起来可不行。”

“可我连回去的路都不认识了。”爱德蒙恳求道。

“那容易，”女王回答说，“你看见那盏灯吗？”她用魔杖一指，爱德蒙转过身看见了那根路灯柱，露西就是在那儿遇见羊怪的。“一直走过去，那一边就是通往人的世界的路。现在瞧瞧另一条路，”——说着她朝相反的方向一指——“告诉我，你看得见耸立在树顶上的两座小山吗？”

“我想我看得见吧。”爱德蒙说。

“好吧，我的家就在那两座小山中间。因此你下次来的时候，只要找到路灯柱，再找那两座小山，穿过树林，一直走到我家就是了。你来的时候最好在右边沿着河走。不过记住——你一定得带其他三个一起来。要是你一个人来，我可要大大生气了。”

“我尽力去办。”爱德蒙说。

“顺便说说，”女王说，“你不必对他们提起我。这件事只有我们俩知道，不是很好玩吗？让他们大吃一惊。你只要把他们带到两座小山那儿——像你这么聪明的孩子，要找个什么借口这样做还不容易吗——等你到了我家，你只要说一声‘让我们瞧瞧谁住在这儿’，或者跟这差不多的话就行了。我相信那样办最好。要是你妹妹遇见过一只羊怪，她可能听到过关于我的奇谈怪论——听到一些恶毒的传说，可能会使她害怕到我这儿来。你知道，羊怪什么话都说得出来的，现在呢——”

爱德蒙突然说：“对不起，请问我回家的路上可以给我一块土耳其软糖吗，行不行？”

“不行，不行，”女王哈哈一笑说，“你一定得等到下回再吃。”她说话时对小矮人发了个动身的信号，雪橇就此飞驶而去，不过快看不见的时候，女王又对爱德蒙挥挥手，喊道：“下回，下回！别忘了，快来啊。”

就在爱德蒙仍然目不转睛望着雪橇时，他听见有人喊他的名字，他看看四周，只见露茜从树林另一面向他走来。

“哦，爱德蒙！”她叫道，“原来你也进来了！这有多妙啊，现在——”

“行了，”爱德蒙说，“我明白你没错，这是一个魔柜。要是你愿意，我就说一声对不起吧。不过，你这段时间到底上哪儿去了？我正到处找你呢。”

“要是我知道你已经进来了，我会等你的。”露茜说，她太高兴，太激动了，竟没注意到爱德蒙说话那么急躁，脸色红得那么古怪。“我跟可爱的图姆纳斯先生一起吃午饭来着，就是那只羊怪，他真好，他放走我，白女巫倒没对他怎么样，所以他认为她查不出这事，说不定一切终究会好起来的。”

“白女巫？”爱德蒙说，“她是谁？”

“她是个非常可怕的人，”露茜说，“她自称纳尼亚的女王，虽然她根本就没权利做女王，而且所有的羊怪、树精、水仙女、小矮人和动物——至少是一切善良的东西——都恨她。她能把人变成石头，能干出种种可怕的坏事。她还施了一种魔法，因此纳尼亚一年到头老是冬天——老是冬天，而且从来不过圣诞节。她还乘着一辆雪橇四处乱闯，雪橇由驯鹿拉着，她手里拿着魔杖，头上戴着王冠。”

爱德蒙糖吃得太多，本来已经感到不舒服，听到跟他交朋友的夫人竟是个危险的女巫，心里就更不舒服了。不过他仍然一心想再尝尝那土耳其软糖的滋味，别的什么都不想。

“这些白女巫的事是谁告诉你的？”他问道。

“羊怪，图姆纳斯先生。”露茜说。

“你不能老相信羊怪说的话。”爱德蒙说，他想法装出一副似乎比露茜懂事得多的腔调。

“谁说的？”露茜问。

“大家都知道，”爱德蒙说，“随便你问什么人都行。不过站在这雪地里可不好玩。我们回家去吧。”

“好啊，我们回去。”露茜说，“哦，爱德蒙，我真高兴你也进来了。现在我们俩都到过这儿，他们两个一定会相信有纳尼亚了。这该多有趣啊。”

不过爱德蒙暗自觉得这事对他可不像对露茜那么好玩。他得当着其他两个孩子的面承认露茜说的话没错，而且他深信其他两个孩子都会站在羊怪和那些动物一边；可他已经大半站在女巫这一边了。他不知道自己要怎么说，也不知道一旦他们大家谈起纳尼亚，他怎么保守自己的秘密。

这时他们已经走了一程。接着他们突然又感到周围不是树枝而全是大衣，一会儿他们俩就站在大衣柜外面的空房间里了。

“喂，”露茜说，“你脸色真可怕，爱德蒙。你不舒服吗？”

“我没事儿。”爱德蒙说；不过这不是真话，其实他感到非常不舒服。

“那么来吧，”露茜说，“让我们找他们去。我们有好多话要对他们说呢！既然我们一起去过了，我们将有多么美妙的奇遇啊。”

5

回到柜门这边

因为捉迷藏的游戏还没结束，爱德蒙和露茜花了好多时间才找到另外两个。最后等到他们大家都在一起了（这时正好是在那间放盔甲的长房间里），露茜就叫了起来：

“彼得！苏珊！全是真的，爱德蒙也看到了。你们从衣柜里是可以进入一个国家的。我和爱德蒙都进去过了，我们在树林里碰头了。说啊，爱德蒙，把这事全告诉他们。”

“这是怎么回事，爱德？”彼得问。

现在我们就讲到这个故事里最叫人厌恶的一件事了。到那时为止，爱德蒙一直觉得不舒服，闷闷不乐，心里为露茜是对的感到气恼，但他并没打定主意该怎么办。彼得突然问他这话，他才一下子决定，要做件他想得到的最卑鄙、最恶毒的事。他决定要让露茜下不了台。

“跟我们说说，爱德。”苏珊说。

于是爱德蒙装出一副高傲的神情，好像他比露茜大多了（其实他只大她一岁），随后又扑哧一笑，这才说：“哦，是啊，我跟露茜一直在玩——假装她那个衣柜里有个国家的故事全都是真的。这当然只是闹着玩罢了。其实那儿什么也没有。”

可怜的露茜看了爱德蒙一眼就冲出屋子去了。

爱德蒙现在越变越可恶，他以为自己的计划很成功，立刻接着说下去："她又走掉了。她这是怎么回事啊？那就是小孩子最不好的地方，老是——"

"听着，"彼得怒气冲冲地对他说，"闭嘴，自从露扯起这个衣柜的鬼话，你一直对她很恶毒，如今你又拿这事跟她捣鬼，让她发脾气。我相信你这么干完全出于恶意。"

"可这事完全是胡说八道。"爱德蒙吓了一大跳说。

"这当然全是胡说八道，"彼得说，"关键就在这儿。我们离开家的时候，露还是好好的，可自从我们来到这儿，她不是头脑有点儿失常，就是变成了一个说谎大王。不过无论是哪种情况，你想想看，你一会儿嘲笑挖苦她，一会儿又怂恿她，这有什么好处？"

"我想——我想——"爱德蒙说，不过他想不出什么可说的。

"你根本什么也没想过，"彼得说，"只是恶意罢了。你老是喜欢对比你小的人穷凶极恶，我们以前在学校里也见过你这样。"

"别说了，"苏珊说，"你们吵架对事情也没什么好处。我们还是去找露茜吧。"

找了好长时间，他们才找到露茜，大家都看得出她哭过，这也并不奇怪。他们对她说什么都没用。她坚持自己的那套说法道：

"你们怎么想我都不在乎，你们怎么说我也不在乎。你们可以告诉教授，或者可以写信给妈妈，或者喜欢怎么干就怎么干。我知道我在那边遇见过一只羊怪，而且——但愿我就待在那儿，你们全是畜生，畜生。"

这一晚大家过得都不痛快。露茜很痛苦，爱德蒙也开始觉得他这个计划进行得并没有他预料的那么顺利。两个大孩子当真开始认为露茜精神错乱了。他们站在过道里小声说着话，直到露茜上床以后还谈了很久。

结果是第二天早上他们决定真的要去把全部事情告诉教授。"如果他认为露真的有什么不对头，他会写信给爸爸的，”彼得说，“这种事我们解决不了。”因此他们就去敲书房的门，教授说了声“进来”，就站起身来替他们找来椅子，并说愿为他们效劳。接着他就叉着双手，十指相抵，坐着静听他们说话，直到他们说完整个故事。听完后他久久一言不发，后来才清清喉咙，说了句他们根本没想到的话。

“你们怎么知道你妹妹的故事不是真的？”他问道。

“哦，可是——”苏珊开口说，后来又住了口。任何人都能从老人的脸上看出，他是十分严肃的。接着苏珊冷静下来说：“可爱德蒙说他们只不过是假装的。”

“那倒是一个关键，”教授说，“这的确值得考虑；仔仔细细地考虑。

举个例子——请原谅我问这个问题——凭你们的经验来说，你们认为你们的弟弟妹妹哪一个更靠得住呢？我的意思是谁更诚实？”

“有趣的是，先生，”彼得说，“到现在为止，我每次都说露茜诚实。”

“你怎么想，亲爱的？”教授回过头对苏珊说。

“嗯，”苏珊说，“一般说来，我跟彼得的说法是一样的，但所有那些树林和羊怪的事不可能是真的。”

“那我就不知道了，”教授说，“而指责一个你一向认为十分诚实的人说谎确实是件十分严重的事；确实是一件十分严重的事。”

“我们就怕这不是说谎，”苏珊说，“我们认为露茜可能有点不对头。”

“你是说她疯了？”教授很冷静地说，“哦，这一点你们可以放心。只要看看她，跟她说说话，就看得出她没疯。”

“但是……”苏珊说说又停下了。她做梦也没想到一个大人会像教授这么说话，一时不知怎么想才好。

“逻辑！”教授似乎自言自语地说，“那些学校干吗不教教逻辑学呢？只有三个可能性。你妹妹不是说谎，就是疯了，或者是说了实话。你们知道她不说谎，而她显然并没疯。那么在目前，我们就必须假定她说的是实话，除非再找到任何证据。”

苏珊紧紧盯着他，从教授脸上的表情，她肯定他没跟他们开玩笑。

“可这怎么可能是真的呢，先生？”彼得说。

“你为什么这样说呢？”教授问。

“好吧，举例说，”彼得说，“如果这事是真的，为什么大家不是每次到衣柜去的时候都发现这个国家呢？我的意思是，我们去看的时候，那儿什么也没有；连露茜也没假装说有啊。”

“那跟这事又有什么关系？”教授说。

“好吧，先生，如果事情是真的，那地方就该一直存在。”

“是吗？”教授说；彼得也不知道该说什么才好了。

“可是时间也不够，”苏珊说，“露茜没时间到任何地方去，即使有这么个地方也罢。我们走出房间不一会儿，她就追上我们了，还不到一分钟呢；可她假装说已经去了几个小时了。”

“那正是令她的故事看起来真实的地方，”教授说，“如果这房子里真有一扇门通往什么另一世界（我应该警告你们，这是一幢非常奇怪的房子，甚至我对它也不大了解）——我说，如果她进入了另一个世界，那我对那个世界有自己不同的时间也完全不会感到惊奇；因此你在那儿无论待多久，都绝不会耗费我们这儿的时间。此外，我认为像她这种年龄的女孩子能自己想象出这种念头的可不多。如果她是假装的，她就会躲上相当长的一段时间，再出来讲她的故事。”

“先生，你真的认为，”彼得说，“就在墙角上，在所有地方，都可能有那样的另一世界吗？”

“大有可能，”教授说着摘下眼镜，开始擦眼镜，同时还喃喃自语说，“我不知道这些学校究竟教了他们些什么！”

“可我们怎么办呢？”苏珊说。她觉得这次谈话开始离开主题了。

“亲爱的小姐，”教授说，他突然抬头，用一种非常敏锐的眼光看着他们，“有一个办法至今还没人提出过，这办法很值得一试。”

“什么办法？”苏珊说。

“我们大家不妨少管人家的闲事。”他说。这次谈话就到此为止。

从此露茜的日子就好过多了。彼得想法让爱德蒙不再嘲笑她，不论她还是别人都完全不想再提大衣柜的事。这事已经成了一个令人相当惊恐的话题。因此有一段时间，看来似乎所有的探险活动都已告结束；但实际上并未结束。

教授的这幢房子——连他自己也不大了解——很古老，也很有名，英国各地的人经常上这儿来要求允许他们进来参观。这是一幢导游手册上提到的房子，连历史书上也提到过；这房子好倒是好，因为它有各式各样的传说，其中有些传说甚至比我现在讲给你们听的更加离奇呢。每当一批批观光者到达，要求参观房子时，教授总是有求必应，让管家麦克里迪太太带他们四处观看，给他们讲解藏画和盔甲，讲解藏书室里那些珍本书。麦克里迪太太不喜欢孩子，而且她向来客说起自己知道的一切时不喜欢有人插嘴。她几乎在第一天早上就对苏珊和彼得说了（还说了好多其他指示）："千万要记住，凡是我带着一伙人在屋子里转时，你们都得让开。"

"仿佛我们有谁愿意泡掉半个早上，跟在一大帮子古里古怪的大人后面到处转悠似的！"爱德蒙说，另外三个孩子也有同感。第三次探险就是因此而起的。

过了几天，有一天早上，彼得和爱德蒙正瞧着那套盔甲，想着他们能不能把盔甲拆成一小片一小片，这时两个女孩子冲进屋里说："注意！麦克里迪太太来了，还带了一大帮子人呢。"

"赶快。"彼得说。他们四个赶紧从屋子尽头那扇门逃了出去。但等他们走出绿屋，进了后面的藏书室，忽然听见声音就在他们前面，这才明白麦克里迪太太一定是带着那批观光客上了后楼梯，而不是像他们预料的那样走前面的楼梯。此后——不知是他们昏了头，还是麦克里迪太太想抓住他们，要不就是屋里有什么魔法显灵了，要把他们赶进纳尼亚去——他们似乎发现到处都有人跟着，直到最后苏珊说："哦，那些游客真讨厌！来吧——让我们到大衣柜那间屋子里去吧，等他们走过去再说。没人会跟我们到那儿去的。"谁知他们刚到屋里就听见过道里有声音——接着还有人在门上摸索——后来他们看见门把手在转动。

“快！”彼得说，“没别的地方可去了。”说着使劲拉开了衣柜门。他们四个人全都挤了进去，坐在那儿，在暗处直喘气。彼得关上了门，但并没关严，因为他当然记得，每个聪明人都明白，你决不能把自己关在一只大衣柜里。

6

深入森林

“但愿麦克里迪太太快点把这些人统统带走，”不一会儿苏珊说，“我都要挤死了。”

“而且樟脑的气味多难闻哪！”爱德蒙说。

“我想这些大衣口袋里都装满了樟脑球，”苏珊说，“以防蛀虫。”

“有什么东西刺进我背上了。”彼得说。

“不冷吗？”苏珊说。

“你说起冷，这儿倒是真冷，”彼得说，“见鬼，还是湿的呢。这地方怎么回事？我正坐在什么湿的东西上，而且越来越湿了。”他挣扎着站起身来。

“我们出去吧，”爱德蒙说，“他们已经走了。”

“哦——！”苏珊突然说道。大家都问她怎么了。

“我靠着一棵树坐着，”苏珊说，“瞧！那边——一点点亮起来了。”

“天哪，你说得对，”彼得说，“瞧那儿——还有那儿，周围全是树。这湿的东西是雪。咦，我真的相信我们终于走进露茜说的树林了。”

现在可错不了啦，四个孩子站在冬天的阳光下直眨眼睛，他们身后是挂在钩子上的大衣，前面是白雪覆盖的树林。

彼得立刻回过头来找露茜。

“我起先不相信你，现在向你道歉，”他说，“对不起。跟我握握手好吗？”

“当然。”露茜说着跟他握了手。

“现在，”苏珊说，“我们下一步干什么？”

“干什么？”彼得说，“啊，当然是去树林里探险啦。”

“啊！”苏珊不住地顿脚，“真冷。我们穿上几件大衣好吗？”

“大衣可不是我们的。”彼得疑惑地说。

“我相信没人会在意的，”苏珊说，“并不是我们要把这些大衣拿出屋子；我们连大衣柜都没出。”

“这点我倒从来没想过，苏，”彼得说，“当然，经你这么一说，我明白了。只要你把大衣留在原来的大衣柜里，就没人能说你偷大衣了。我想，这整个国家都在大衣柜里呢。”

他们立即实行苏珊那非常聪明的计划。这些大衣他们穿上实在太大了，衣摆一直拖到脚跟，他们穿上这些大衣倒更像穿上了王袍。不过他们大家都觉得暖和多了，个个都觉得别人穿上这身新装更好看，也更适合这儿的雪景。

“我们可以假装是北极探险者。”露茜说。

“不用假装，这事就够令人兴奋的了。”彼得说着，开始带领大家向前往树林中走去。天空中全是黑压压的云团，看上去天黑前还要下雪。

“我说，”爱德蒙马上就开口道，“我们是不是该往左转，就是说，如果我们是朝路灯柱走的话。”这时，他早已忘记了他必须假装以前从没到这片树林里来过。这话刚一出口，他就明白他已经露出了马脚。大家都停下来，全都盯着他。彼得吹了声口哨。

“原来你真的到过这儿，”他说，“那回露说她在这儿碰见你——你还硬说她是在说谎呢。”

一片沉默。"好吧，在所有恶毒的小坏蛋当中——"彼得耸了耸肩就不说了。的确，也没什么可说的了。不一会儿，这四个孩子又继续上路，只有爱德蒙暗暗自语："回头我就要向你们算清这笔账，你们这批自高自大、自鸣得意的讨厌鬼。"

"不管怎么说，我们上哪儿去呢？"苏珊说，她主要是想换个话题。

"我认为露应该做领队，"彼得说，"老天做证她应该当领队。你带我们上哪儿去，露？"

"去看看图姆纳斯先生好吗？"露茜说，"他就是我告诉过你们的那个好心的羊怪。"

大家都赞成这主意，便上路了。他们一面轻快地走着，一面顿着脚。露茜确实是一个好领队。开头她不知自己能不能找到那条路，不过她在一个地方认出了一棵外形奇特的树，在另一个地方又认出了一个树桩，并把他们带到了崎岖不平的地方，进了小山谷，终于来到图姆纳斯先生石窟的门口，不料那儿却有一件可怕的事等着他们。

那扇门已经从铰链上给拧了下来，成了碎片。石窟里又黑又冷，那股潮湿的感觉和气味说明这地方已有好几天没人住了。雪花从门口飘进来，堆在地上跟黑糊糊的东西混在一起，原来那是烧焦的树枝和炉灰。显然有人把树枝和炉灰撒了一地，再把这些东西踩熄了。陶器也砸碎了扔在地上，羊怪父亲的画像被人用刀割得稀烂。

"这下子可就惨了，"爱德蒙说，"上这儿来可不大妙啊！"

"这是什么？"彼得说着弯下腰。他刚注意到有一张纸钉在地毯上。

"上面写着什么吗？"苏珊问。

"是啊，我想写着的，"彼得回答说，"但这儿光线暗，我看不清，我们上外面去吧。"

他们都走到外面白天的亮光下，围在彼得身边，听他念出以下内容：

该屋原居民羊怪图姆纳斯，已被逮捕，并将听候审讯，罪状为背叛纳尼亚女王，凯尔帕拉维尔城堡主人，孤独群岛女王简蒂丝陛下，帮助陛下的敌人，窝藏奸细及私通人类。

秘密警察队长　芬瑞斯·乌尔夫

女王万岁！

孩子们面面相觑。

“我不知道到底会不会喜欢这个地方。”苏珊说。

“女王是谁，露？”彼得说，“你知道她的情况吗？”

“她根本不是真正的女王，”露茜回答说，“她是个可恶的女巫，白女巫。大家——森林里所有的生物——都恨她。她对整个国家施了魔法，因此这儿一直是冬天，而且从来不过圣诞节。”

“我——我不知道再继续下去有什么意义。”苏珊说，“我是说，这儿看来不太安全，而且看来也不大好玩。而且越来越冷，我们又没带什么吃的。现在就回家，好吗？”

“哦，可我们不能，我们不能回家，”露茜突然说，“你们不明白吗？出了这事以后，我们不能就此回家。可怜的羊怪全是为了我才惹下这场祸的。他让我躲过女巫，还指点我回家的路。帮助女王的敌人和私通人类指的就是这件事。我们一定得想法救救他。”

爱德蒙说：“我们连吃的也没有，要做的事可多着呢！”

“你住嘴！”彼得说，他仍然很生爱德蒙的气，“你看怎么样，苏珊？”

“我有个可怕的感觉，露是对的。”苏珊说，“我不想再前进一步，而且我但愿我们根本没来过这儿。不过我想我们必须想法为那个叫什么来着的先生尽点力——我是说那个羊怪。”

“我也这么想，”彼得说，“我担心我们没带吃的。我主张回去从贮藏室里拿点东西来，只是一旦你走出这国家，恐怕不一定能回到这儿来。我想我们只好走下去了。”

“我们也这么想。”两个女孩都说。

“要是我们知道那可怜的家伙关在哪儿就好了！”彼得说。

他们大家都一动不动，不知道下一步该怎么办，露茜说，“瞧，那儿有只知更鸟，胸脯那么红。这可是我在这儿看到的第一只鸟。我说！——不知道纳尼亚的鸟儿会不会说话？它看上去好像要对我们说什么呢。”接着她就回过头去跟知更鸟说，“请问，你能告诉我们羊怪图姆纳斯给带到哪儿去了吗？”她这么说着，就向鸟儿走近了一步。它立刻飞开了，但只是飞到邻近一棵树上。它站在那儿，紧紧盯着他们，仿佛他们说的话它全明白。这四个孩子几乎没注意他们已经跟着鸟走了，他们向鸟儿走近一点，鸟儿就又飞到邻近一棵树上，再次紧紧盯着他们。（你们可找不到哪只知更鸟比它胸脯更红、眼睛更亮了。）

“你们知道吗，”露茜说，“我真的相信它的意思是叫我们跟着它呢。”

“我也觉得它要我们跟着它，”苏珊说，“彼得，你怎么看？”

“好吧，我们不妨试试看。”彼得回答说。

知更鸟好像完全明白这些话。它不断地从一棵树飞到另一棵树，老是在他们前面几步路的地方，他们很容易就能跟上它。它带他们走的这条路有点像下坡路。无论知更鸟停在哪儿，树枝上都会飘落一小阵雪花。不一会儿当空的云层散开，冬天的太阳又出来了，他们周围的雪花变得闪亮耀眼。他们就这样走了大约半小时，两个女孩子走在前面，这时爱德蒙对彼得说：“要是你跟我说话不再神气活现，我有点事要说，你最好听一下。”

“什么事？”彼得说。

“嘘，别那么响，”爱德蒙说，“吓着姑娘们可不好。可你明白我们在干什么吗？”

“什么？”彼得压低了声音悄悄说。

“我们正跟着一个我们一点也不了解的向导。我们怎么知道这鸟站在哪一边？它为什么不会把我们引进陷阱呢？”

“这想法真可恶。但是——要知道这是一只知更鸟。在我看过的所有故事书里，知更鸟都是好鸟。我相信知更鸟绝不会站在不义的一边。”

“要是事情真到了这一步的话，哪一边才算正义的呢？

我们怎么知道羊怪是正义的一方，而女王（是啊，我们听说她是个女巫）是不义的一方呢？我们对两方面都一点也不了解呀。”

“羊怪救了露茜。”

“她说他救了。可我们怎么知道呢？还有一件事，有谁认识从这儿回家的路吗？”

“老天哪！”彼得说，“我就没想到这一点。”

“也没机会吃午饭了。”爱德蒙说。

7

跟海狸夫妇共度的一天

两个男孩在后面说悄悄话的时候，两个女孩突然叫了声“哦!”就停下了。“知更鸟!”露茜叫道，“知更鸟飞走了。”它就这样飞走了——飞得无影无踪了。

“现在我们该怎么办呢?”爱德蒙说着看了彼得一眼，意思是:“我跟你说什么来着?”

“嘘! 瞧!”苏珊说。

“什么?”彼得说。

“有什么东西在树木间走动——就在左边。”

他们全都瞪大眼睛，紧紧盯着。大家都觉得很不舒服。

不一会儿苏珊说:“瞧，它又来了。”

“这回我也看见了,”彼得说,“它还在那儿。它刚到那棵大树后面去了。”

“是什么呢?”露茜问，她拼命使声音不显得紧张。

“不管是什么,”彼得说,“它是在躲着我们，它不想让人看见它。”

“我们回家吧。”苏珊说。接着，虽然没人大声说出来，大家一下子都意识到了一个事实，也就是上一章末尾爱德蒙悄悄对彼得说的：他们迷路了。

“它什么模样?”露茜说。

“它是——它是一种动物，”苏珊说，接着又喊道，“瞧！瞧！快！就在那儿。”

这回他们全瞧见它了，一张毛茸茸的脸，胡子拉碴的，从一棵树后面向他们张望。不过这一次这小动物没有立刻缩回去，反而举起一只爪子按在嘴上，就像人们把手指放在嘴唇上示意你别出声那样。后来它又不见了。孩子们全都站在那儿屏住气。

过了一会儿，这个陌生的小动物从树后出来，往四周扫了一眼，仿佛生怕有人看见，说了声“嘘”，就做手势叫他们到它站着的那片更茂密的树林里去，接着它又不见了。

“我知道它是什么了，”彼得说，“它是海狸。我看见尾巴了。”

“它要我们上它那儿去，”苏珊说，“还警告我们别出声。”

“我知道，”彼得说，“问题是我们要不要上它那儿去？你看呢，露？”

“我看它是只好海狸。”露茜说。

“是啊，可我们怎么知道呢？”爱德蒙说。

“我们是不是一定得冒险啊？”苏珊说，“我的意思是，光站在这儿可不好，而且我觉得我要吃点午饭了。”

这时海狸又从树后探出头来，真诚地向他们招手。

“来吧，”彼得说，“我们试试看，大家靠拢点，如果发现它是敌人，我们四个人应该对付得了它。”

于是，四个孩子就紧紧挨着，走向那棵树，在树后他们果然看到了那只海狸；不过它仍然往后退，还用嘶哑的喉音悄声对他们说："再往前，再往前，到这儿来。我们在空地上不安全！"它把他们带到一块黑沉沉的地方，那儿有四棵树长得很近，树枝都挨着，脚下看得见棕色的土地和松枝，因为那儿落不到雪，它这才开始跟他们说话。

"你们是人类的儿子和女儿吧？"它说。

"我们是的。"彼得说。

"嘘，"海狸说，"请别那么大声，即使在这儿我们也不安全。"

"哎呀，你怕谁呀？"彼得说，"这儿除了我们没别人。"

"有树，"海狸说，"它们总是在听。大多数树是在我们一边的，但有的树也会把我们出卖给她；你们知道我指的是谁。"它点了好几次头。

"如果说到站在哪一边的问题，"爱德蒙说，"我们又怎么知道你是一个朋友呢？"

"我们不是有意无礼，海狸先生，"彼得加上一句，"不过你要知道，我们是生人。"

"不错，不错，"海狸说，"这是我的信物。"说着它就对他们举起一件小小的白东西。他们都惊讶地望着这件东西，直到露茜突然说："哦，当然啦。这是我的手绢——就是我送给可怜的图姆纳斯先生的。"

"对了，"海狸说，"可怜的家伙，他事先得到要逮捕他的风声，就把这个交给我。他说要是他出了什么事，我一定得在这儿跟你们见面，并带你们去——"说到这儿海狸的声音低得听不见了，还十分神秘地点了两三次头。接着它示意孩子们尽量靠拢它站着，他们的脸蛋都被它的胡子弄得怪痒痒的，它才悄悄加了一句：

“据说阿斯兰在行动了——也许已经到了。”

这时怪事发生了。孩子们都跟你们一样，没人知道阿斯兰是谁；不过在海狸说这句话的时候，每个人的感觉是不一样的。也许你们在梦里有时也碰到过这种事，某个人说了句什么话，你虽然不懂这话，可总觉得这话有很重要的意思——要么是一种可怕的意思，能使整个梦变成噩梦；要么是一种可爱的意思，可爱得没法形容，能使你的梦变成美梦，叫你一辈子都忘不了，而且老是希望能再次进入那个梦境。现在的情况正是这样。听到阿斯兰的名字，每个孩子都觉得自己心里怦然一动。爱德蒙感到有股神秘的恐惧。彼得感到突然勇敢起来，敢冲敢闯。苏珊感到好像有股香味或悦耳的音乐旋律刚刚飘过她身边。而露茜的感觉就跟你们早上一觉醒来，忽然明白今天是假日的开始，或夏天的开始一样。

“图姆纳斯先生怎么了？”露茜问，“他在哪儿？”

“嘘，”海狸说，“不在这儿。我一定得带你们到个能真正谈谈的地方去，还有午饭。”

除了爱德蒙，如今大家都感到不难信任海狸了，而且包括爱德蒙在内，大家听到“午饭”这个词都很高兴。因此他们都跟着新朋友匆匆走去，它的步子大得惊人，而且总是在树林最茂密的地方走。这样走了一个多小时，大家都感到又累又饿，这时前面的树木突然变得稀疏了，脚下是陡峭的山坡。转眼工夫他们就走到露天（阳光仍然照耀着），发现自己正俯瞰一幅美景。

他们都站在一个陡峭、狭窄的山谷边上，谷底是一条大河，河水在奔流——至少，要不是结冰的话，这河水是会奔流的——就在他们下面有条堤坝横跨在河上。他们看到水坝时，忽然记起海狸总是在筑堤坝的，并深信这条坝就是海狸先生筑的。他们也注意到这会儿它脸上有种谦虚的表情——这种神情跟你在参观人家自己造的花园，或在读人家写的书时看到的神情一样。因此，当苏珊出于礼貌说了声“好一条可爱的堤坝！”时，海狸先生没说“嘘！”却说：“算不了什么！算不了什么！堤坝还没真正完工呢！”

堤坝上游那儿原来应该有个深深的蓄水池，目前当然只有一层暗绿色的冰。堤坝下游，水位就低多了，这儿也有好多冰，不过这儿的冰不是光溜溜的，而是冻成泡沫状或波纹状，这就是严寒到来时，河水冲下来时的形状。河水穿过堤坝慢慢淌下来或喷出来的地方如今形成了一道闪闪发光的冰柱墙，仿佛堤坝的这一边缀满了用最纯净白糖做的花朵、花环和花串。堤坝当中，有所好玩的小房子，部分搭在堤坝顶上，形状像只大蜂箱，屋顶上有个洞升起缕缕炊烟，因此当你看见那房子（尤其是在你肚子饿的时候），你立刻就想到做饭，并且变得比原来更饿了。

这就是另外三个孩子注意到的事，爱德蒙却注意到另外一些事。在这条河的下游，还有一条小河，从另一个小山谷里流出，汇入这条河中。爱德蒙仰望那个山谷，看得见两座小山，他几乎肯定那就是前几天他跟白女巫在路灯柱那儿分手时，她指给他看的。他想，在两座山之间一定是她的王宫，离此只有一英里左右。他还想起了土耳其软糖和做国王的事，（他暗自问道：“不知道彼得对这事会怎么想？”）于是他脑子里想出了坏主意。

“我们到了，”海狸先生说，“看来海狸太太好像正在盼着我们呢。我来领路。小心点，别滑倒。”

堤坝顶上走路倒是够宽的，然而（对人类来说）并不是一条走路的好地方，因为堤坝上全是冰，虽然那蓄水池结的冰跟堤坝边一样平，下游临河的那边却有一个很大的落差。海狸先生带着他们排成单行，往堤坝当中走去，在那儿他们可以看到上下游很远的地方。等他们到了堤坝当中，也就到了屋子门口。

“我们到了，海狸太太，”海狸先生说，“我找到他们了。这就是人类的儿女。”——他们全都走了进去。

露茜进屋首先注意到的是一种嘎嘎的声音，她看到一只面貌和善、上了年纪的母海狸坐在角落里，嘴里咬着一根线，正在缝纫机上忙活，声音就是从那儿来的。孩子们一进来它就放下活计站了起来。

“你们终于来了！”它说着伸出两只皱巴巴的老爪子，“终于来了！想想看我居然活到今天看到了这一切！土豆已经煮熟了，水壶也开了，我想，海狸先生，你去给我们弄点鱼来吧。”

“我会的。”海狸先生说，随后它就走了出去（彼得跟它一起去），走过深深的蓄水池的冰层，到它打了一个小洞的地方——它每天都用小

斧子把洞口凿开。他们随身带了一个桶，海狸先生悄悄在洞口边上坐下（它似乎不在乎天气那么冷），紧紧盯着洞里，接着它突然把爪子伸进去，说时迟那时快，已经抓出了一条漂亮的鳟鱼。然后它再来一次，直到抓了满满一桶鱼为止。

两个女孩也趁此帮着海狸太太灌满水壶，摆上餐具，切好面包，又把一盘盘菜放到炉子上加热，从屋角一只酒桶里为海狸先生灌了一大罐啤酒，放上煎锅，把油汁热得火烫。露茜觉得这儿虽然跟图姆纳斯先生的石窟完全不同，海狸夫妇倒也有一个舒适温暖的小家庭。这儿没有书也没有画，没有床，只有造在墙里的铺位，就跟在船上一样。还有火腿和一串串洋葱头从屋顶上挂下来；靠墙是高筒套鞋、油布、小斧子和一把把大剪刀，铁锹、小铲子和种种装灰泥的东西，还有鱼竿、鱼网和麻袋。桌上的台布虽然十分干净却非常粗糙。

正当煎锅美妙地嗞嗞作响时，彼得和海狸先生拿着剖洗好的鱼进来了，原来海狸先生已经在外头用刀把鱼肚剖开，收拾干净了。你们想象得出刚抓来的鱼煎的时候闻起来味道有多美，饿着肚子的孩子们多么希望鱼快点煎好啊！在海狸太太说“我们这就快好了”之前，他们变得越发饥饿。苏珊把土豆的水分沥干，放进炉灶边上的空锅里烘焙时，露茜就帮着海狸太太把鳟鱼装盘，因此片刻间，大家就都把凳子拉过来（海狸家除了火炉边海狸太太那张特制的摇椅外，全都是三条腿的凳子），准备好好享用一顿。有一大罐浓浓的牛奶是给孩子们的（海狸先生专喝啤酒），桌子中央有很大一块深黄色的奶油，每个人都可以随意尽量拿，

跟土豆一块儿吃，所有的孩子都认为——我也同意他们的看法——要是你吃的鱼是半个钟头前刚活杀的，出锅还不到半分钟，那味道可真是鲜美无比。他们吃完了鱼，海狸太太从炉子里出人意料地取出一个又大又漂亮的黏糊糊的果酱卷，热气腾腾的，同时把水壶放在火炉上，这样他们吃完果酱卷，茶也煮好了。等到大家都拿到了自己那杯茶，人人都把凳子往后推，靠在墙上，满足地长长地吁口气。

“好了，”海狸先生把它那只喝空的大酒杯推开，把茶杯拉到面前，“只要你们肯等到我点上烟斗，好好抽上两口——嘿，我们这就可以谈正事了。天又下雪了。”它加了一句，还朝窗口挤挤眼睛。“这样更好，因为这样一来我们就不会再有什么客人；而且谁打算跟踪你们的话，他也找不到什么脚印了。”

8

午饭后发生的事

“现在，”露茜说，“请告诉我们图姆纳斯先生出什么事了？”

“啊，真糟糕，”海狸先生摇着头说，“这是件非常非常糟糕的事。毫无疑问他是被警察抓走了。我是从看见这事的小鸟那里知道的。”

“可是他给带到哪儿去了呢？”露茜问道。

“嗯，人家最后看见他们时，他们是往北面走，我们大家都知道那是怎么一回事。”

“不，我们可不知道。”苏珊说。可是海狸先生十分悲观地摇摇头。

“恐怕这就是说他们把他带到她的房子里去了。”海狸先生说。

“但他们会怎么对付他呢，海狸先生？”露茜喘着气问。

“我说啊，”海狸先生说，“这可说不准了。不过抓到那儿去能再出来的可不多。石像，他们说那儿全是石像——院子里、楼上和走廊里都有。她把大伙儿变成了——”（它顿了一下，打着哆嗦）“变成了石头。”

“可是，海狸先生，”露茜说，“我们能不能——我是说，我们一定得想什么办法去救他。这太可怕了，而且全是为了我。”

“如果你救得了的话，我深信你会去救他的，小宝贝。”海狸太太说，“但你没机会违反她的意愿，进入那房子而活着出来。”

“我们不能用什么计策吗？”彼得说，“我意思是我们能不能打扮成什么，或者假装成——哦，小贩啊，什么都行——或者守到她出来的时候——或者——哦，该死，一定有什么办法。这个羊怪自己冒风险救了我妹妹，海狸先生，我们不能就此撇下他，让他遭到——遭到那种事。”

“不行啊，人类的儿子，”海狸先生说，“偏偏就是你想的办法行不通。不过既然阿斯兰在行动了——”

“哦，对了，跟我们说说阿斯兰吧！”几个声音立刻叫道，因为那股奇怪的感觉又来了——仿佛感到春天最初的信息，像大喜讯。

“阿斯兰是谁？”苏珊问道。

“阿斯兰？”海狸先生说，“你们怎么不知道？它是国王。它是整个森林之王，不过不常在这儿，你们明白吗？我这辈子和我父亲那辈子都从来没来过。不过我们已经听到消息说它已经回来了。此时此刻它就在纳尼亚。它会好好治治白女巫的。日后救出图姆纳斯先生的不是你们，而是它。”

“她不会把它也变成石头吗？”爱德蒙说。

“老天爷保佑，人类的儿子，怎么说出这么糊涂的话！”海狸先生哈哈大笑着回答，“把它变成石头？她至多只能站住脚，看着它的脸了。我看她还没这么大能耐呢。不，不，它会治理一切，一首古诗中有这么几句：

阿斯兰雄威显，有错必能纠，
阿斯兰怒声吼，消愁又解忧，
阿斯兰利牙露，冬天赶紧溜。
阿斯兰钢鬃抖，春天重新留。

等你们看见它，你们就明白了。”

“但我们要见它吗？”苏珊问。

“啊呀，人类的女儿，我就是为这事才带你们上这儿来的呢。我要带你们到跟它会面的地方去。”海狸先生说。

“它——它是个人吗？”露茜问。

“阿斯兰是人？”海狸先生严厉地说，“当然不是。我告诉你它是森林之王，是伟大的海外皇帝的儿子。你们不知道谁是百兽之王吗？阿斯兰是一只狮子——狮王，伟大的狮王。”

“哦！”苏珊说，“我还以为它是个人呢。它——不伤人吧？跟狮子见面我会感到紧张的。”

“你会紧张的，小宝贝，没错，”海狸太太说，“谁当着阿斯兰的面膝盖不打哆嗦，那他们不是勇敢过人，就是傻瓜。”

“那么它有伤人的危险？”露茜问。

“伤人的危险？”海狸先生说，“你没听见海狸太太跟你们说的话吗？谁说过没危险的话了？它当然危险。告诉你，不过它很善良。它是王。”

“我希望见见它，”彼得说，“到了节骨眼上，即使我真感到害怕，也要见见。”

“那就对了，人类的儿子。”海狸先生的爪子在桌上啪地一捶，震得杯盘统统喀啦啦响起来。“那么你们就见见它吧。已经传话来了，你们要去见它，如果你们能去的话，明天在石桌那儿见。”

“哪儿呀？”露茜说。

“我会指给你们看的，”海狸先生说，“在河下游，离这儿有好多路呢。我会带你们到那儿去的！”

“可是现在，可怜的图姆纳斯先生怎么办呢？”露茜说。

“你们能帮他的最快办法就是去见阿斯兰。”海狸先生说，“一旦它跟我们在一起，我们就能动手干起来了。不是说我们不需要你们。因为另一首古诗提到：

有朝一日人类的骨肉
坐上凯尔帕拉维尔的宝座，
厄运就将一去不复返。

现在它来了，你们也来了，因此事情一定快到头了。我们听说过阿斯兰以前到这一带来的事——很久以前了，没有谁说得上是什么时候。可是你们人类从来没到这儿来过。”

“这我就弄不懂了，海狸先生，”彼得说，“我是说女巫自己是不是人呢？”

“她想让我们相信她是人，”海狸先生说，“因此她才自称为女王。但她不是人类的女儿。她是你们的父亲人类的——”（说到这儿海狸先生鞠了一躬）“你们的父亲的第一个妻子生的，人家叫她莉莉思[①]。而她是一个精灵；就是说她的出身一半是精灵，一半是巨人。不，不，女巫身上没有一滴真正人类的血。”

“因此她坏透了，海狸先生。”海狸太太说。

“一点不假，海狸太太。”它回答说，“对于人类可能有两种看法（我不是想冒犯眼前这几位），不过对那些看上去像人又不是人的东西可没有两种看法。”

“我认识一些好矮人。”海狸太太说。

“说到矮人，我倒也认识。”它丈夫说，“但少得可怜，而且他们一点也不像人类。但一般说来，凡是你们遇见什么东西将要变成人，而还没变成，或者过去是人，现在不是了，或者应该是人，却不是，听听我的劝告吧，你们应该一直监视他，并找好你们的斧子。正因为如此，女

① 据犹太法典中的传说，莉莉思是亚当的第一个妻子，一个女魔。

巫才老是在注意任何到纳尼亚来的人类。这么多年来她一直在守候你们，如果她知道你们是四个人的话，那她对你们就更危险了。”

“那跟这事有什么关系？”彼得问。

“因为还有一个预言，”海狸先生说，“在凯尔帕拉维尔——那是这条河入海口边的一座城堡，如果一切都是本来的样子，那儿应该是全国的京城——在凯尔帕拉维尔有四个宝座，不记得什么时候起纳尼亚就有个传说，等到两个人类的儿子和两个人类的女儿坐上那四个宝座，那时不仅是白女巫统治的结束，而且是她生命的末日，这就是我们一路走来为什么得那么小心的缘故，因为她要是知道了你们四个，你们的生命就岌岌可危了。”

孩子们一直在全神贯注地听着海狸先生的话，好久没留神别的事。海狸先生说完最后一句话，随之而来是一片沉默，这时露茜突然说：

“我说——爱德蒙在哪儿？”

这段间歇很可怕，随后大家开始问：“谁最后看见他的？他不见了多长时间？他在外面吗？”说着他们全都冲到门口往外看。只见大雪纷飞，密密麻麻，蓄水池那片绿色的冰层不见了，盖上了一条厚厚的白毯子，从堤坝中央那座小房子望去，连两边堤岸都难以看见。他们走到外面，刚落下的软软的雪花就没过了他们的脚踝，他们绕着房子朝四面八方叫着“爱德蒙！爱德蒙！”叫得嗓子都嘶哑了。可是这默默下着的雪似乎捂住了他们的声音，连个回声都没有。

“多么可怕！”他们终于失望地回到屋里，苏珊说：“哦，但愿我们没上这儿来就好了。”

“我们究竟该怎么办，海狸先生？”彼得说。

“怎么办？”海狸先生说，它已经穿上了雪地靴，“怎么办？我们必须马上走。一点时间也没有了！”

“我们最好分四路搜寻，”彼得说，“朝各个不同的方向去找，不论谁找到他，必须立刻回到这儿来，而且——”

“分头搜寻，人类的儿子？”海狸先生说，“为什么？”

“咦，当然是去找爱德蒙呀！”

“找他也没用。”海狸先生说。

“你这是什么意思？”苏珊说，“他还没走远。我们一定得找到他。你说找他也没用是什么意思？”

“说找他也没用的理由是，”海狸先生说，“我们已经知道他上哪儿去了！”人人都惊讶地盯着它。“你们还不明白？”海狸先生说，“他上她那儿去了，上白女巫那儿去了。他背叛了我们大家。”

“哦，不至于的——哦，不至于的！”苏珊说，“他不会那么干的。”

“不会吗？”海狸先生说，紧紧盯着这三个孩子，他们想说的一切都说不出口了，因为每个人心里忽然都很肯定，这正是爱德蒙会干的勾当。

“可他认识路吗？”彼得说。

“他以前到过这儿吗？”海狸先生问，“他单独到这儿来过吗？”

“没错，”露茜几乎是耳语着说，“恐怕他来过了。”

“他告诉你们他干了些什么，或者见到过谁吗？”

“嗯，没有，他没说。”彼得说。

“那么你们记住我的话，”海狸先生说，“他已经见过白女巫，投奔到她那一边了，而且知道她住在哪儿。我刚才不愿提起这事（他是你们的兄弟），不过从我看到你们那个兄弟的那一刻起，我就暗自说‘靠不住’。他那神情一看就知道曾经跟女巫在一起，还吃过她的东西。如果你在纳尼亚住久了，往往能从眼神里看出真面目。”

“反正，”彼得说话的声音也有点哽住了，“我们还是得去找他。即使他是只小畜生，他毕竟还是我们的兄弟，而且他只是个孩子。”

“上女巫老窝里去？”海狸太太说，“难道你们看不出来，要救他或救你们自己的唯一机会就是躲开她吗？”

“什么意思？”露茜说。

“她只要抓到你们四个（她一直念念不忘凯尔帕拉维尔那四个宝座），一旦你们四个全在她的老窝里，她就大功告成了——你还来不及开口说话，她的收藏品中就会有四个新的石像。不过要是她只抓到他一个，她就会让他活着，因为她要用他做圈套，当作抓住你们其他人的诱饵。”

“哦，就没人能帮助我们吗？”露茜哭道。

“只有阿斯兰，”海狸先生说，“我们一定得去见它。目前这是我们唯一的机会了。”

“在我看来，亲爱的，”海狸太太说，“要紧的是弄清楚他几时溜走的。他能告诉她多少全看他听到了多少。比如说，他溜走前，我们有没有开始谈论阿斯兰？如果没有，我们就可能进展顺利，因为她不知道阿斯兰已经来到纳尼亚，也不知道我们将去见它，在这一点上她就不会防备。”

“我不记得我们谈论阿斯兰的时候他在场——”彼得开口说道，但露茜打断了他。

“哦，是的，他在场，”她痛苦地说，“你不记得了吗？是他问女巫能不能把阿斯兰也变成石头的。”

“天哪，他问过这话，”彼得说，“这正是只有他才会问的事！”

“越来越糟了，”海狸先生说，“还有，我告诉你们跟阿斯兰见面的地方是石桌那儿时，他还在这儿吗？”

当然，这个问题就没人能回答了。

“因为，如果他在这儿，”海狸先生接着说，“那么她就会乘雪橇赶往那个方向，守在我们到石桌的半路上，抓住我们。我们跟阿斯兰的联系实际上就会给切断。”

“但那还不是她首先要做的，”海狸太太说，“据我所知她不会。爱德蒙一告诉她我们全都在这儿，她今天晚上就要出发来抓我们，如果他已经走了半小时的话，再有二十分钟左右她就要到这儿了。”

“你说得对，海狸太太，”它丈夫说，“我们必须全都离开这儿。一刻也不能耽搁。”

9

女巫的房子

说到这里你们当然都想知道爱德蒙出了什么事。他吃完了他那份午餐，不过他并没有吃得津津有味，因为他一直想着土耳其软糖——回味起施过魔法的食品，吃再好的普通食品也倒胃口。而且他听到这番谈话也觉得不是滋味，因为他老是想着别人都不理他、冷落他。其实并非如此，都是他想象出来的。后来他一直听到海狸先生告诉他们有关阿斯兰的事，还听到在石桌跟阿斯兰见面的整个安排。于是他开始悄悄挪到挂在门上的帘子下。因为提到阿斯兰，他就有一种神秘而恐怖的感觉，正如其他人听了这个名字就有一种神秘而可爱的感觉一样。

就在海狸先生背诵“人类的骨肉”那首诗时，爱德蒙已经悄悄拧动了门把手；在海狸先生告诉他们白女巫根本不是真的人，而是一半精灵一半巨人以前，爱德蒙已经走到外面雪地里，还小心地随手把门带上。

即使到了这会儿，你们也千万别认为爱德蒙坏得真正想让他的兄弟姐妹被女巫变成石头。他的确想吃土耳其软糖，而且想当王子（日后当个国王），还想出出彼得骂他坏蛋这口恶气。至于女巫会怎么对待其他人，他虽不希望她对他们特别好——当然不能给他们和他同等待遇——但他竟然相信，或者是自以为相信，她不会对他们干出什么坏事。“因为，”他暗自说，“凡是说她坏话的人都是她的敌人，也许这些坏话里面有一半都是假的。不管怎么说，她对我挺好的，比他们待我要好多了。我当她真正是合法的女王。无论如何，她总比可恶的阿斯兰要好吧！”至少，这就是他脑子里为自己所干的事找的借口。不过这个借口并不高明，因为在他内心深处，他也真正知道白女巫又凶狠又残酷。

他出来后看到外面正在下雪，首先明白过来的是他把自己的大衣扔在海狸夫妇家里了。眼下当然没有机会回去拿大衣。其次明白过来的是天几乎黑了，因为他们坐下来吃午饭时已经快三点了，而且冬天的白昼短。他原先没估计到这一点，但他得充分利用这一点。所以他竖起衣领，拖着脚步，穿过堤坝顶部（幸亏下了雪，上面才没那么滑），向远处河边走去。

等他到了远处的河边，情况就不大妙了。天一点点变黑，再加上雪花围着他打转，他连三英尺以外都看不清。再说，那儿没有路。他老是滑到深深的雪堆里，滚到结了冰的水潭里，绊在倒下的树干上，从陡峭的河岸上滑下去，小腿在岩石上擦破了皮，弄得浑身又湿又冷，到处是伤。寂静和孤独是可怕的。其实，要不是他偶尔对自己说：“等我当上纳尼亚国王，我首先要干的事就是修几条像样的路。”我真以为他可能会放弃整个计划，回去认个错，跟其他人和好呢。当然这句话使他想到当国王以及他要干的一切事情，这就大大鼓舞了他。他在脑子里拿定主意要有什么样的王宫，有多少汽车，以及种种有关私人电影院的事，主要的铁路往哪儿开，他要针对海狸和堤坝制定什么法律加以限制，还把不准彼得乱说乱动的计划做了最后修改；这时天变了。先是雪停了，接着突然刮起一阵风，冷得要命；最后，云散了，月亮出来了。一轮明月照在一片白雪上，几乎跟白天一样亮——只是那些阴影把他搞得糊里糊涂。

要不是在他到达另一条河的时候月亮出来了，他根本就找不到路——你们记得，他们刚到海狸夫妇家时，他已经看到了一条小一点的河在下游汇入这条大河。如今他走到这条小河边，就转身沿着这河往上游走。不过小河源头的那个小山谷比他刚刚离开的那个山谷更陡峭，岩石更多，而且满地都是枝叶丛生的灌木，因此他在黑暗中根本没法过去。尽管这样，他也弄得浑身透湿，因为他得弯着腰在树枝下走，大块大块的雪就都滑到他背上了。碰上这种倒霉事，他就格外想自己多么恨彼得——好像这一切都是彼得的错。

但他终于走到一块比较平坦的地方，山谷也开阔起来。就在离他很近的地方，小河的另一边，两座小山当中一块小平原的中央，他看见了那幢想必属于白女巫的房子。而且月亮也比任何时候都更明亮。那幢房子其实是一座小城堡，看上去全是塔楼。小小的塔楼上面是又长又尖的顶，像针尖，又像笨蛋学生或巫师戴的尖角帽。在月光照耀下，塔楼长长的影子在雪地上显得古里古怪的！爱德蒙对这幢房子开始感到害怕了。

不过这会儿想转身回去也太晚了。他踏在冰上走过了河，一直走向这幢房子。没有一点动静，连他自己两只脚踩在刚下的深深的雪里也没有声音。他走啊走啊，走过一个又一个墙角、一个又一个塔楼去找门。

他绕了一大圈才找到门。原来是座大拱门，不过大铁门是敞开的。

爱德蒙蹑手蹑脚地走进拱门，朝院子里张望，看见的那副情景差点使他的心都停止跳动了。就在大门里面，月光照耀下，有一只大狮子蹲在那儿，好像准备跳起来似的。爱德蒙就站在拱门的阴影里，两膝直打哆嗦，又怕走过去，又怕走回来。他站在那儿好久好久，牙齿即使不是怕得打战也早已冷得打战了。我不知道他在那儿真正站了多久，不过爱德蒙似乎觉得过了好几个小时。

后来他终于想知道那狮子干吗蹲着一动也不动——因为自从他看见它以来，它就纹丝儿没动过。这会儿爱德蒙放大胆走近点，一边仍然尽量躲在拱门的阴影里。他现在从狮子站的架势看出，它根本不可能看见他。(“但假如它转过头来呢?”爱德蒙想道。)事实上它正盯着另外什么东西——就是一个小矮人，他背对狮子站在大约四英尺以外的地方。“啊哈!”爱德蒙想，“等它扑向那小矮人，那时就是我逃命的机会了。”但狮子仍然一动也不动，小矮人也一样。爱德蒙这时终于想起其他人说过的白女巫把人变成石头的事。也许这只是一只石狮吧。他一想到这点

就注意到狮子背上和头顶上都积满了雪。它当然一定只是个石像！活生生的动物决不会让自己身上积满雪的。于是，爱德蒙慢慢大着胆向狮子走去，一颗心好像要跳出来似的。即使现在他也不大敢摸它，但他终于伸出手来很快地摸了一下。原来是冰冷的石头。只不过是个石像，竟然就把他吓住了！

爱德蒙感到如释重负，因此尽管天那么冷，他突然从头到脚都暖和了。同时他脑子里有了个似乎十分称心的念头。“也许，”他想，“这就是大家都在谈论的伟大的狮王阿斯兰吧。她已经抓住它，把它变成石头了。这么一来他们在它身上打的如意算盘也就落空了！呸！谁怕阿斯兰呀？”

他就这么站在那儿幸灾乐祸地看着石狮子，不一会儿他干了一件孩子气的蠢事。他从口袋里掏出一个铅笔头，在狮子上唇涂上两撇胡子，还给它加上了一副眼镜。涂罢他说：“可笑的老阿斯兰！成了石头你有什么想法啊？你自以为很了不起吧？”不过尽管他在狮子脸上乱涂，大石兽看上去仍然很可怕，又伤心，又高贵，目光仰望着月亮。爱德蒙戏弄石狮，却并没因此真正感到好玩。他掉转身子，穿过院子走进去。

他刚走到院子当中就看见四周有好多石像——到处都是，倒有点像下到一半时棋盘上的棋子。有石头的森林神[①]，石头的狼啊、熊啊、狐狸

① 希腊神话中传说的半人半兽的神，人形，有马或山羊般的耳朵和尾巴。

啊、山猫啊。还有些可爱的石头看上去像女人，其实是树精。有一个大石像形状像人头马[①]，还有一匹有翅膀的马，还有一条长长的软体动物爱德蒙当它是龙。这些石像看上去都那么古怪，在明晃晃、冷冰冰的月光下栩栩如生，而且完全静止不动，使人穿过院子时感到非常可怕。在院子正中央站着一个巨大的人体，足有一棵树那么高，面相凶猛，长着一部蓬松的大胡子，右手拿着根大棒。虽然爱德蒙知道这只是一个石头巨人，不是活的，他仍然不愿意走过巨人身边。

这会儿他瞧见院子那头有个入口透出一点暗淡的光。他走到那儿，那儿有几级石阶通向一扇开着的门。爱德蒙走上石阶，只见门槛上躺着一匹大狼。

“没关系，没关系，”他不停地自言自语道，“那只是一只石狼而已。它不会伤害我的。”他抬起脚要跨过它。那只巨兽立刻站起来，背上的毛根根竖起，张开血盆大嘴，吼着说：

“谁在那儿？谁在那儿？站着别动，陌生人，告诉我你是谁。”

“劳驾通报一下，先生，”爱德蒙哆哆嗦嗦，都快说不出话了，“我名叫爱德蒙，我就是女王陛下前几天在森林里遇见过的人类的儿子，我到这儿来报信，我们兄弟姐妹现在都在纳尼亚——很近，就在海狸夫妇家。她——她想见见他们。”

“我会禀报女王陛下的，”那匹狼说，“同时，要是你珍惜你这条

① 希腊神话中传说的半人半马的怪物，人头马身。

命，就站在门槛上别动。”说着它就走进去不见了。

爱德蒙站在那儿等着，他的手指冻得好疼，心头怦怦直跳。不一会儿那只灰狼，芬瑞斯·乌尔夫，女巫的秘密警察头子跳着回来了，说道，“进来吧！进来吧！幸运的女王宠儿——否则就没那么幸运了。”

爱德蒙就此走了进去，一路小心翼翼别踩在狼爪子上。

他发现自己来到一间有许多柱子的长长的阴暗的大厅，跟院子里一样满是石像。离门最近的石像是一只小羊怪，神情十分伤心，爱德蒙不禁想知道这会不会是露茜的朋友。大厅里只点了一盏灯，白女巫就紧挨在这盏灯后面坐着。

“我来了，陛下。”爱德蒙说着，心急慌忙地冲上前去。

“你竟敢一个人来？”女巫用可怕的声音说，“我不是吩咐你把其他几个一起带来吗？”

“请别见怪，陛下，”爱德蒙说，“我已尽了最大努力。我已把他们带到附近。他们就在河上堤坝顶上那座小房子里——跟海狸先生、海狸太太在一起。”

女巫脸上慢慢露出一丝冷酷的微笑。

“你的消息就这么些吗？”她问。

“不，陛下。”爱德蒙说，并开始把离开海狸夫妇家以前他听到的事全部告诉了她。

“什么！阿斯兰！”女王叫道，“阿斯兰！这是真的吗？要是我发现你对我说谎——”

“请别见怪，我只是重复他们说的话而已。”爱德蒙结结巴巴地说。

不过女王已经不再注意他，她拍了拍手。爱德蒙上回看见跟着女王的那个小矮人立刻出现了。

“备好雪橇，”女巫命令说，“用没有铃铛的挽具。”

10

魔法开始破了

话分两头，这会儿我们得回到海狸夫妇和另外三个孩子身上来了。海狸先生刚说完“一刻也不能耽搁”，大伙儿都开始匆匆忙忙穿上大衣，只有海狸太太开始拿起一些口袋放在桌上，说：“好了，海狸先生，把那块火腿拿下来。这是一包茶叶，还有糖，一些火柴。谁到角落的瓦罐里拿两三个面包出来。”

“你在干什么呀，海狸太太？”苏珊叫道。

“给我们每个人收拾一份东西，小宝贝，”海狸太太十分冷静地说，“你们不想上路时没东西吃吧？”

“可我们没时间了！”苏珊说着扣上大衣领上的扣子，“她随时都可能到这儿的。”

“我就是这么说的。”海狸先生插嘴说。

“你们别胡说，”它妻子说，“好好想想，海狸先生。她至少要在一刻钟以后才能到。”

“如果我们要赶在她前头先到石桌那儿，”彼得说，“我们不是要尽可能抢先一步吗？”

“你得记住一点，海狸太太，”苏珊说，“她到这儿一看，发现我们走了，就会飞速离开的。”

“她会的，”海狸太太说，“不过我们无论如何也赶不到她前面，因为她乘着雪橇，我们是走着去的。”

“那么——我们就没希望了？”苏珊说。

“好了，你们乖，别大惊小怪，”海狸太太说，“请从那个抽屉里拿出六条干净手绢吧。我们当然还有一线希望。我们赶不到她前面，不过我们可以隐蔽起来，走一条她意想不到的路，也许能成功。”

“对极了，海狸太太，”它丈夫说，“不过该是我们动身的时候了。”

“你也别大惊小怪的，海狸先生，”它妻子说，“瞧，这样就好些了。这儿有四份东西，最小的一份就给我们当中最小的一个：那就是你，宝贝儿。”她看着露茜加了一句。

“哦，求你快点吧。”露茜说。

“好吧，现在我差不多都准备好了。”海狸太太终于回答说，一面让丈夫帮它穿上雪地靴，“我想，缝纫机太重，带不了吧？”

“是啊，太重了，”海狸先生说，“重得不得了。我看我们赶路你总不见得能用上缝纫机吧？”

“想到女巫乱动我的缝纫机我就受不了，”海狸太太说，“她八成会把缝纫机弄坏或偷走。”

“哦，请快点吧！请快点吧！”三个孩子说。就这样他们才终于出了门，海狸先生锁上门。（“这会耽误她一点时间。”它说。）他们就此出发了，大家都把自己的一份行李扛在肩上。

他们上路时雪已经停了，月亮也出来了。他们排成单行走着——海狸先生走在头里，随后是露茜，再后是彼得、苏珊，海狸太太走在末尾。海狸先生带他们穿过堤坝，走到河的右岸，然后走到河岸下面树丛里一条崎岖不平的小路上。月光照耀下，山谷两边的峭坡高耸入云。“最好尽可能在下面走，”海狸先生说，“她只能从上面走，因为不能把雪橇赶到下面来。”

如果是坐在安逸的扶手椅里，往窗外眺望，看到的也许算得上是一幅美景；尽管事情到了这个地步，露茜开头对这儿还是很欣赏的。不过随着他们走啊走的，她背上的口袋也越来越重了，她开始怀疑自己怎么坚持得下去。河面以及水帘子都结了冰，她不再去看那条亮得耀眼的冰河，也不去看树顶上大团大团的雪，以及那光芒四射的大月亮和数不清的星星，只看着前面海狸先生那短小的腿在雪地里啪哒啪哒地走，仿佛永远也停不下来似的。接着月亮不见了，雪又开始下了。最后露茜累得几乎是边走边睡了。突然，她发现海狸先生离开河岸往右走，领着他们奋力爬上陡峭的山坡，走进密集的灌木丛中。等到她完全清醒过来，她发现海狸先生钻进山坡上的一个小洞里，那个洞几乎完全被灌木丛遮住，一直走到洞口才看得见。事实上等她明白是怎么回事，已经只看得见它那扁扁的短尾巴了。

露茜赶紧弯下腰跟着它爬了进去。接着她听到身后急急忙忙爬行的声音和喘气声，不一会儿，他们五个都进了洞。

“这到底是哪儿呀？”彼得说，黑暗中他的声音听上去又疲倦又乏力。（我希望你们知道我说的声音乏力是什么意思。）

“这是海狸遇难时一个老的藏身处，”海狸先生说，“是一大秘密。地方虽不怎么样，不过我们一定得睡上几小时。”

“要不是你们动身时都那么手忙脚乱，我本来可以带几个枕头来的。”海狸太太说。

这儿跟图姆纳斯先生的石窟可相差太远了，露茜想着——只是一个洞，不过洞里还算干燥，而且是泥土地。洞非常小，因此当他们全都躺下时，就成了一大堆皮毛和衣服。这样躺着，再加上他们长途跋涉身上也暖和了，他们果真觉得相当舒服。要是这洞里的地稍微平整一点就更好了。随后海狸太太在黑暗中传过来一个小小的长颈瓶子，每个人都就着瓶子喝了一口——喝了这东西叫人直呛，嗓子眼火辣辣的，不过咽下肚去以后倒使人感到暖和得舒心——大家立刻就睡着了。

露茜觉得似乎只过了片刻（虽然实际上已是好几个小时以后了），她一觉醒来感到身子有点冷，而且僵硬得可怕，心想能洗个热水澡该有多好。随后她就觉得有一束长胡子撩在脸蛋上怪痒痒的，又看到洞口有冰凉的阳光照进来。这一来她当然立刻完全清醒了，而且大家也都醒了。事实上他们全都坐了起来，眼睛嘴巴都张得大大的，倾听着他们昨晚走路时一直想着的声音（有时他们还想象着听到了呢）。那就是铃铛的声音。

海狸先生一听见声音顿时就钻出洞去。也许你会像露茜当时所想的那样，觉得它这么做是犯傻了。其实这么做倒是很聪明的。它知道自己能躲在山坡顶上的灌木丛中不让人看见；最主要的是它想看看女巫的雪橇往哪条路走。其他几个都坐在山洞里等着，满腹疑虑。他们大概等了五分钟。接着听见了什么动静，吓得他们要命。他们听见了说话声。“哦，”露茜想，“它被发现了。她逮住它了！”

出乎意外的是，过了一会儿，他们竟听见海狸先生的声音在洞口叫他们了。

“没事儿，”它大声叫道，“出来吧，海狸太太。出来吧，人类的儿女们。没事儿，原来它不是她！”这句话当然有点不通，不过海狸激动起来就是那么说话的；我是说在纳尼亚——在我们的世界里海狸通常是根本不说话的。

于是海狸太太和孩子们就匆匆忙忙走出洞来，大家在阳光下直眨眼睛，身上全是土，看上去脏兮兮的，又没梳洗过，个个都睡眼惺忪。

“来吧！”海狸先生叫道，它高兴得几乎要跳舞了，“来看哪，这对女巫是个沉重的打击！看来她的权力已经完蛋了。”

“你到底什么意思，海狸先生？”他们大家一齐爬上了陡峭的山坡时，彼得喘着气问。

“我不是告诉过你们吗？”海狸先生回答说，“她把这儿变得一年到头都是冬天，而且从来不过圣诞节。我不是告诉过你们吗？好吧，你们来看哪！”

于是他们全都站在山坡顶上，放眼望去。

只见一辆雪橇，有几只驯鹿，挽具上挂着铃铛。不过这些驯鹿比女巫的驯鹿大多了，它们也不是白鹿，而是棕色的鹿。雪橇上坐着一个人，大家一见这人就认识了。他个头高大，身穿一件鲜红的袍子（像冬青果那么红），戴一顶里面有皮毛的风帽，一部白色的大胡子像满是泡沫的水帘子垂在胸前。人人都认识他，尽管只是在纳尼亚才见到他这种人，但甚至在我们的世界里——就是在衣柜门这一边的世界里——我们也见过他们的画像，听人谈起过他们。不过一旦你在纳尼亚真正看到他们，这就不大一样了。在我们的世界里，有些圣诞老人的画片把他画得只是外貌有趣、逗人而已。不过现在孩子们真正站在他面前瞧着他，就觉得并不完全是这样。他是那么魁梧，那么高兴，那么真实，他们全都静了下来。他们感到非常高兴，但也非常严肃。

“我终于来了，”他说，“她把我赶走多年了，但我终于进来了。阿斯兰在行动，女巫的魔法在减弱。”

露茜只觉得浑身上下快活得颤抖起来，这种感觉只有在你心情庄严而宁静时才会有。

“好了，”圣诞老人说，“给你们礼物吧。海狸太太，给你一台更好的新缝纫机，我路过你们家时会把缝纫机送去的。”

“请别见怪，先生，”海狸太太说着行了个屈膝礼，“房子锁上了。”

“锁和门闩对我没什么关系。”圣诞老人说，“至于你嘛，海狸先生，等你回到家，就会看到你的堤坝完工了，修好了，所有裂缝都不漏了，还配上了一道新的水闸门。”

海狸先生高兴得嘴巴张得老大，什么话也说不出来。

“彼得，人类的儿子。”圣诞老人说。

“在，先生。”彼得说。

“这些是你的礼物，”圣诞老人说，“是工具，而不是玩具。用上这些东西的时候也许就快到了，好好带着吧。”说着他递给彼得一把剑和一面盾。盾是银色的，当中有一只扑腾的红狮，就像刚摘下的熟草莓那么红。剑柄是金铸的，还配有剑鞘和佩剑用的腰带，以及一切用剑必备的东西，而且剑的尺寸和重量对彼得也正合适。彼得接过这些礼物时默默无言，态度严肃，因为他觉得这是一份十分庄严的礼物。

“苏珊，人类的女儿，”圣诞老人说，“这些是给你的。”他递给她一张弓、一只装满箭的箭袋和一只小小的象牙号角。“你必须在紧急时才能使用这弓箭，”他说，“因为我无意让你去打仗。这弓箭百发百中。一旦你拿起这只号角，吹响了，不管你在哪儿，我想你都会得到帮助。”

最后他才说，“露茜，人类的女儿。”露茜走上前去。他给她一只小瓶子，看上去好像是玻璃的（不过事后人们说那瓶子是钻石做的），和一把小匕首。“在这个瓶子里，”他说，“有一种妙药，是用长在太阳之山上的一种火花的汁提炼的。如果你或是你哪个朋友受了伤，洒上几滴就能治好。这把匕首是给你在紧急时自卫的。因为你也用不着打仗。”

“怎么，先生，”露茜说，“我想——我不知道——不过我想，我会够勇敢的。”

“不是那个意思，”他说，“让女人打仗是丑陋的。现在呢，”——说到这儿他突然看上去不那么严肃了——“还有一些东西是眼下给你们大家的！”他拿出（我猜是从他背上那只大口袋里拿出来的，不过没人看见他怎么拿的）一只大托盘，上面有五套杯碟，一钵方糖，一罐奶油，一只嘶嘶直响的滚烫大茶壶。接着他叫道：“圣诞快乐！真命国王万岁！”说着一扬鞭子，他们还没看清他已经动身了，他就驾着驯鹿拉的雪橇走得没影了。

彼得刚从剑鞘里抽出剑给海狸先生看，海狸太太就说：“好了，好了，别站在那儿说话，说得茶凉了。像个男人的样子。来帮帮忙把托盘搬下去，我们就要吃早餐了。幸亏我想到把面包刀带来了。”

于是他们走下陡峭的山坡，回到洞里，海狸先生切了点面包和火腿，做成夹肉面包，海狸太太斟茶，大家吃得津津有味。不过没等他们好好享用多久，海狸先生就说：“现在是行动的时候了。”

11

阿斯兰快到了

爱德蒙在这段时间里却过得大失所望。小矮人去准备雪橇时，他本来希望女巫会好好款待他，就像他们上次见面时那样。谁知她什么也没说。最后，爱德蒙鼓起勇气说：“请别见怪，陛下，能给我一些土耳其软糖吗？你——你——说——”她回答说：“安静，笨蛋！”后来她又像改变主意了，仿佛自言自语地说：“让这个小崽子昏倒在路上总是不行的。”说着她又一次拍拍手，又来了一个小矮人。

“给这个人拿点吃喝的东西来。”她说。

小矮人走开了，不一会儿就拿来一只铁碗，里面盛了点水，还有一只铁盘子，上面放了一大块干面包。他把东西放在爱德蒙身边的地板上，还咧嘴一笑，那副神情实在令人厌恶，他说：

“小王子的土耳其软糖来了。哈！哈！哈！”

“把它拿走，”爱德蒙生气地说，“我不要吃干面包。”不料女巫突然向他扑来，脸上的神情那么可怕，他只好赔个不是，一点点啃起那块面包来，可是面包太干，他简直咽不下去。

“在你再吃到面包之前，有这个吃你该高兴。”女巫说。

他还在那儿咬啊嚼啊，第一个小矮人已回来报告雪橇准备好了。白女巫站起来就走，同时命令爱德蒙跟她一块儿去。他们走到院子里时，

雪又下起来了，但她对此并不在意，还叫爱德蒙到雪橇上坐在她身边。临出发前她又招呼芬瑞斯·乌尔夫，它就像条大狗似的跳到雪橇旁边。

“你带上跑得最快的狼，马上到海狸家里去。”女巫说，“你们在那儿不管找到什么，统统都杀掉。如果他们已经走了，那就全速赶到石桌去，但别给人看见。你们躲在那儿等着我。我得向西走好多英里，才找得到一个能驾雪橇过河的地方。你可以趁那些人没到达石桌前先赶上他们。要是找到了他们，你总知道该怎么干！”

“遵命，女王。”那只狼吼道，说着立刻飞奔到黑暗的雪地里，就像骏马腾空那么快。转眼工夫它又叫来一只狼，一起奔向堤坝，在海狸夫妇的房子里四处嗅闻。不过房子当然是空的。要是那天晚上天气一直很好，对海狸夫妇和孩子们倒是祸害了，因为狼会跟踪他们的足迹——十之八九在他们进洞以前就会赶上他们。但这会儿又开始下雪了，气味也淡了，连脚印也都给淹没了。

同时小矮人赶着驯鹿，跟女巫和爱德蒙出了拱门，然后一路向黑暗的冰天雪地里驶去。对爱德蒙来说这可真是一次可怕的旅程，因为他没有大衣。他们走了还不到一刻钟，他面前就积满了雪——一会儿他就不再掸雪花了，因为尽管他掸得快，刚掸掉就又积起一堆来，而且他很累。不一会儿他就浑身湿透了。哦，他多惨啊。目前看来女巫并不打算给他当国王了！她为了让自己相信她是好人，善心人，她这一边才是真正正义的一边，而对自己说过的种种话，如今听起来都是些蠢话了。他愿意放弃一切，这会儿就去找大家——甚至彼得！如今唯一能安慰他自己的办法就是尽量相信这整个事件是场梦，他随时会醒过来。他们走啊走啊，过了一个小时又一个小时，似乎真成为一场梦了。

这一路上花的时间长得很，哪怕我再写上多少页也写不完。不过我就跳过这一段，先说说这时雪停了，天亮了，他们在阳光下飞驶着。他们还在继续赶路，除了雪地上不断的嗖嗖声，驯鹿挽具的嘎吱声，什么声音也没有。最后，女巫终于说："我们看看这儿有什么？停下！"他们这才停下了。

爱德蒙多么希望她开口说说吃早饭的事！可是她停下来的理由却完全不同。离雪橇不远的一棵树下坐着快快乐乐的一伙：松鼠夫妇和孩子，还有两个森林神，一个小矮人，一只老雄狐，全都围着桌子坐在矮凳上。爱德蒙看不清他们在吃什么，不过味道闻起来真香，而且似乎还用了冬青做装饰，他简直不敢相信自己看见了葡萄干布丁之类的东西。雪橇停下时，那只狐狸，显然是在场年纪最老的，刚刚站起身来，右爪举起一只杯子，似乎要说些什么。但等这一伙看到雪橇停下，是谁乘在上头时，大家脸上的欢乐神情就全部消失了。松鼠爸爸的叉子举到嘴边，半途就停下不吃了。还有一个森林神嘴里含着叉子就停下了，松鼠娃娃都吓得吱吱叫。

“这是什么意思？”巫婆女王问道。没人回答。

“说呀，坏蛋，”她又说，“难道你们想要我的小矮人用鞭子叫你们开口吗？你们大吃大喝，铺张浪费，纵情欢乐，是什么意思？这一切东西你们究竟从哪儿弄来的？”

“你别见怪，陛下，”狐狸说，“这些都是给我们的。请恕我冒昧，让我为陛下的健康干杯——”

“这些东西是谁给你们的？”女巫问。

“圣诞老——老——老人。”狐狸结结巴巴地说。

“什么？”女巫吼道，从雪橇上一跃而起，向那些受惊的动物走近几大步。“他没到这儿来过，他决不会到这儿来！你们竟敢——可是不。说你们是在说谎，那么就可以宽恕你们。”

这时一只小松鼠竟然完全昏了头。

“他来过了——他来过了——他来过了！”它一面吱吱叫着，一面用小匙敲桌子。

爱德蒙看见女巫咬咬嘴唇，雪白的脸蛋上沁出一滴血。接着她举起了魔杖。

“哦，别，别，请不要。”爱德蒙叫道，但就在他大声喊叫时，她已经挥动了魔杖，刚才一群动物欢宴的地方，立刻出现了一个个动物的石像（其中一只就永远举着石叉凝固在离嘴一半的地方），围坐在一张石桌前，桌上是石盘和石头的葡萄干布丁。

“至于你，”女巫说，重新坐上雪橇时给了他一下耳光，打得他昏头昏脑，“这就是你替奸细和叛徒求情的教训。上路！”在这个故事中爱德蒙还是第一次为别人感到难过呢。想到那些小小的石像就此坐在那儿度过寂静的白天、黑暗的夜晚，日复一日，年复一年，直到身上长满苔藓，最后甚至脸部也会分解，这似乎太可怜了。

这会儿他们又稳稳地飞驶向前。不久爱德蒙就注意到他们冲过去时溅起的雪比昨晚湿多了。同时他也注意到自己已经不大觉得冷了。天变得雾蒙蒙的。事实上，雾气越来越浓，天也越来越暖和。雪橇也远远没有原来行驶得那么快了。开头，他以为这是因为拉雪橇的驯鹿累了，但不久他就看出这不是真正的原因。雪橇猛地一动，朝边上滑去，还不断颠簸，就像撞上了石头。尽管小矮人鞭打可怜的驯鹿，雪橇还是越来越慢。他们周围似乎还有种怪异的声音，但雪橇行驶和颠簸的声音，加上小矮人吆喝驯鹿的声音，响得爱德蒙没法听清楚，直到后来雪橇突然困住了，寸步不能动弹。出了这事以后，一时四下寂静。爱德蒙总算能好好听一听那声音了。原来那是一种又奇特又可爱的沙沙声、潺潺声——但毕竟也不算太奇特，因为他知道自己以前听见过这种声音——要是他想得起在哪儿听见的就好了！接着他突然想起来了。那是流水声。虽然看不见，但就在他们周围，那是小溪潺潺欢唱，水流淙淙，噗噗冒泡，水花四溅，甚至（远处）激流咆哮。等他明白严冬已过，他心头也猛地一跳（虽然他压根不知道为什么）。离他们更近的树的枝干上都在滴滴答答地滴水。随后，当他看着一棵树时，他看见一大块积雪从树上滑落下来，这是他进入纳尼亚以来第一次看见一棵冷杉树的深绿色。但他没时间多听多看，因为女巫说话了：

“别坐在那儿干瞪眼，笨蛋！出来帮个忙。”

爱德蒙当然只好服从。他踩到雪地里——不过目前这儿都是成雪水了——开始帮小矮人把雪橇从陷进去的泥潭里拉出来。他们终于把雪橇拉了出来，小矮人对驯鹿十分凶狠，雪橇总算又动了，他们又走了一小段路。这会儿雪真的完全融化了，四面八方都出现了一小块一小块的绿草地。除非你也像爱德蒙那样长时间看着一片冰雪世界，否则很难想象看了无穷无尽的白雪之后，看到那一片片绿地，心情有多么欣慰。此时雪橇又停下了。

“不行啊，陛下，”小矮人说，“我们在融雪中没法驾雪橇。”

“那我们就得走。”女巫说。

“走着去我们永远也赶不上他们，”小矮人咕哝道，“他们先走一步。”

“你是我的顾问还是我的奴隶啊？”女巫说，“照我说的办。把这个人的手绑在身后，拉住绳子一头。再带上你的鞭子。把驯鹿的挽具割断，它们自己会找到路回家。”

小矮人服从命令，不一会儿爱德蒙就被反绑着双手，被迫尽快赶路。他不断滑倒在雪水中、泥浆里和湿草地上，每次他一滑倒，小矮人就骂他，有时还给他一鞭子。女巫走在小矮人后面，嘴里不停地说：“快点！快点！”

块块绿地随时随刻都在变大，块块雪地都在缩小。随时随刻都有更多的树木脱下雪袍。不久，你无论朝哪儿看，白色都不见了，只见深绿的冷杉树，光秃秃的橡树那黑色多刺的树枝，以及山毛榉和榆树。接着

薄雾由白色转为金色，一会儿就完全消失了。道道美妙的阳光射向森林的地面，从头上的树杈之间可以看到一片蓝天。

不久发生了更奇妙的事情。他们突然绕过一个拐角，来到一片银白色的白桦树林中的空地，爱德蒙看见空地上四面八方都开满了黄色的小花——白苣菜。水声更响了。不一会儿他们果真穿过了一条小河。他们还发现河边长出了雪莲花。

“少管闲事！”小矮人说，他看见爱德蒙扭头看花，就恶毒地用力拉拉绳子。

不过这当然阻止不了爱德蒙观看。只过了五分钟他就注意到一棵老树脚下长着十几朵藏红花——有金色的、紫色的和白色的。接着又传来了一种比水声更美妙的声音。在他们走的那条小路附近，一只鸟突然在树枝上吱吱叫了起来。不远处另一只鸟儿喳喳叫着回答。此后，仿佛听到信号似的，四面八方都叽叽喳喳叫个不停。一时间满耳都是鸟鸣声。不到五分钟，鸟的音乐响彻了整个树林，爱德蒙不论往哪儿看，都看得见一只只鸟儿或落在树枝上，或在空中飞翔，或喧闹不休。

“快点！快点！”女巫说。

这会儿雾已经消失得无影无踪，天空变得越来越蓝，不时还有几片白云匆匆掠过。宽阔的林间空地上开着朵朵樱草花。一阵微风吹过，摇曳的树枝上露珠纷纷洒落，拂来清凉、美妙的香味。树木都开始活过来了。落叶松和白桦树披上了绿装，金链花金光灿灿。不久山毛榉就长出了娇嫩、透明的叶子。行人在树下走过，光线也变成绿色的了。一只蜜蜂嗡嗡叫着穿过他们走的那条小径。

“这不是融雪，”小矮人说着突然停下，“这是春天。我们怎么办？说真的，你的冬天已经给赶跑了。这是阿斯兰干的。”

“如果你们有谁再提起那个名字，”女巫说，“就叫他立刻送命。”

12

彼得初战告捷

小矮人和女巫正在说这些话时，好几英里之外的海狸和孩子们正在走啊走的，恍如进入一个美妙的梦境。他们早就把大衣扔下了。如今他们相互间不再说什么“瞧，有只翠鸟！”或“嗨，风信子！”也不再说“那股可爱的香味是什么？”或“听听那只画眉！”他们默默走着，深深陶醉其中，从暖和的太阳地里走进阴凉、碧绿的灌木丛中，又走到宽阔、长满苔藓的林间空地，空地上高高的榆树当头搭起枝叶茂密的绿荫，然后他们又走进密密麻麻一大片开着花的红醋栗中，走到山楂丛中，那儿的香味几乎能醉倒人。

他们眼看冬天消失，整个森林在几小时内就从一月到了五月，也跟爱德蒙一样感到惊奇。他们甚至没有像女巫那样肯定这是阿斯兰到了纳尼亚才会出现的事，但他们都知道是女巫的咒语变出了没完没了的冬天；因此他们全知道这个不可思议的春天一开始，女巫的阴谋诡计就失败了，而且大大失败了。融雪持续了一段时间，他们大家都明白女巫再也不能用雪橇了。此后他们就不再匆匆忙忙赶路，也容许自己多休息几回，休息时间更长一些。他们眼下当然很疲劳；但不是那种所谓筋疲力尽——只是没精打采，觉得恍恍惚惚的，而且心里很平静，就像在户外待了漫长一天，终于到头时的感觉。苏珊一只脚后跟磨起了一个小水泡。

他们早就离开了那条大河的河道，因为必须稍稍往右转（就是说稍稍向南）才能到达石桌那儿。即使这条路不是他们该走的路，一旦融雪开始，他们也不能老沿着河谷走，因为有了那么多融雪，河里很快就发大水了——一股来势惊人、咆哮轰鸣的黄浊洪水——他们走的小路就会淹在水里了。

这会儿太阳快下山了，天色更红，影子也拉长了，花儿也开始要收拢了。

“现在不远了。”海狸先生说着开始带领他们上山，穿过一段深深的、松软的青苔（他们疲劳的双脚踩在上面倒觉得很舒服），那地方只稀稀拉拉长着一些高大的树木。在漫长的白天结束时爬山，大家都喘不过气来。露茜心里正在想，不好好休息一阵子，自己能不能爬上山顶；但突然间，他们就到山顶上了。

他们站在一片绿油油的空地上，在那儿你可以俯瞰森林，除了正前方，目光所及都是绵延不绝的森林。东边远处，有什么东西闪闪发亮，还在晃动。“天哪！”彼得悄声对苏珊说，“大海！”山顶这块空地的正中就是石桌。那是一块很大的灰色石板，下面撑着四块笔直的石头。石桌看上去年代悠久，上面刻满了奇怪的线条和符号，可能是一种无名语言的字母吧。你看着这些符号，一种好奇的感觉就会油然而生。他们看到的第二件东西是空地一边搭起的一个帐篷，那是一个奇妙的帐篷——尤其是这会儿落日的余晖正照在帐篷上——帐篷面子看上去像杏黄缎子，深红的绳索，象牙色的帐篷桩；帐篷的支柱上，高高挂着一面绣着一只腾跃的红色狮子的旗子，正迎风飘扬，这阵从远处海面吹来的微风也轻拂着他们的脸。他们正看着这帐篷，只听见右面传来一阵音乐，便不由向那边转过身去，这才看见了他们特地来看的东西。

阿斯兰站在一群生物中间，它们围着它形成一个半月形。有树精和水精（在我们的世界里称为森林女神和水仙女），她们都有弦乐器；音

乐就是她们演奏的。有四匹巨大的人头马，身体像英国饲养场里的骏马，头部像严厉而俊美的巨人。还有一只独角兽，一头人头牛，一只鹈鹕，一只鹰和一条大狗。阿斯兰身边站着两头豹，一头拿着它的王冠，另一头举着它的旗帜。

说到阿斯兰，海狸夫妇和孩子们都不知道看见它时该怎么办、怎么说。没有到过纳尼亚的人往往认为决不会有好人让人见了害怕的。如果孩子们以前这么认为，眼下他们已经纠正了这种想法。因为当他们想看看阿斯兰的脸时，只看了一眼金色的鬃毛和那双威武、高贵、庄严、慑人的眼睛，他们就觉得自己不能正眼看它了，大家都不禁在发抖。

“去吧。”海狸先生悄声说。

“不，”彼得悄声说，“你先走。”

“不，人类的儿子走在动物前面。”海狸先生又悄悄回了他一句。

“苏珊，”彼得悄声说，“你怎么样？女士先走嘛。”

“不，你年龄最大。”苏珊悄声说。当然他们这样拖得越长，就越感到尴尬。后来彼得才终于明白这事全靠他了。他抽出剑来，举剑致敬，匆匆对其他几个人说：“快来吧，你们定下神来。”他向狮王走去，说道：

“我们来了——阿斯兰。”

“欢迎，彼得，人类的儿子，”阿斯兰说，“欢迎，苏珊和露茜，人类的女儿。欢迎，公海狸和母海狸。”

它的声音深沉、圆润，不知怎么竟消除了他们的不安。他们如今只觉得又高兴又平静，站在那儿不说话也不觉得尴尬了。

“可是第四个在哪儿呢？”阿斯兰问。

“他想要出卖他们，投靠白女巫，哦，阿斯兰。”海狸先生说。于是彼得只好说：

“这事多少得怪我，阿斯兰。我对他发脾气，我想那反而促使他变坏了。”

阿斯兰不吭声，既没说原谅彼得，也没责怪他，只是站在那儿，金色的大眼睛直望着他。大伙觉得似乎没什么可说的了。

“请问——阿斯兰，”露茜说，“有什么办法救救爱德蒙吗？”

“要想尽办法，”阿斯兰说，“不过这事可能比你们想象的更困难。”接着它又沉默了一会。直到那一刻，露茜还始终认为它的脸看上去多么高贵、刚毅、宁静；如今她突然发觉它看上去也很忧伤。不过这种神情一会儿就过去了。狮王摇摇鬃毛，两只爪子一拍，（露茜想：“要是它不知道刚中带柔，这对爪子可吓人呢。”）开口说道：

“现在准备好宴席，女士们，把人类的女儿带到帐篷里去，照顾好她们。”

女孩子走了以后，阿斯兰伸出一只爪子搁在彼得肩膀上——虽然动作轻柔，却十分有力——说道：“来吧，人类的儿子，我将指给你看你将来当国王的那座城堡的远景。”

彼得仍然一手握剑，跟着狮王一起来到山顶的东边。一幅美景出现在他们眼前。太阳已经落在他们背后。他们下面的整个国土都笼罩在暮色中——森林和小山，山谷，以及像条银蛇般蜿蜒流过的大河的下游。那边几英里以外是大海，大海以外是天空，落日映照下满是玫瑰色的云层。但就在纳尼亚国土近海的地方——其实就是那条大河的入海口——有什么东西屹立在一座小山上闪闪发光。因为这是一座城堡，朝彼得这边的窗户当然都映出落日的余晖；不过彼得觉得城堡就像海岸上的一颗大星星。

“男子汉啊，”阿斯兰说，“那就是有四个宝座的凯尔帕拉维尔，你必须以国王的身份坐上其中一个宝座。我指给你看是因为你是老大，你要当个地位高于其他人的至尊王。”

彼得又一次什么也没说，因为这时一种奇怪的声音突然打破了这片沉默。像一只军号，不过声音更圆润。

“这是你妹妹的号角，”阿斯兰低声对彼得说，如果说狮子咕噜咕噜叫不算大不敬的话，那么这声音低得简直就是咕噜咕噜的。

彼得一时不明白。后来，他看见所有的生物都拥上前来，只听得阿斯兰挥挥爪子说：“退下！让王子立个头功吧。”他才明白，于是他飞快地奔向帐篷。在那儿，他看见了一幕可怕的情景。

水仙女和森林女神正四下奔逃。露茜脸色苍白，撒开两条短腿朝他跑来。接着他看见苏珊向一棵树冲去，纵身爬上了树，后面有一头灰色的巨兽在追她。开头彼得以为那是一只熊。后来他看出这头野兽很像一条德国狼狗，然而又比狗大多了。后来他才想到这是一匹狼——一匹狼后腿站着，前爪扑在树干上又咬又吼，背上的毛根根竖起。苏珊只攀上第二根大树枝，再也没法爬高。她一条腿吊在下面，这只脚离开乱咬的狼牙只有一两英寸。彼得不知道她为什么不爬得高一点，至少也要抓牢些嘛；后来他才明白她快晕过去了，如果她晕过去，那就会摔下来。

彼得并不觉得自己十分勇敢；说真的，他感到自己快要呕吐了。不过这并不影响他的使命。他笔直冲向那头猛兽，瞄准它肋间猛刺一剑。这一下子并没刺中那匹狼。它闪电般转过身来，眼睛凶焰灼人，嘴巴张得老大，狂嚎一阵。要不是它怒气冲冲，非得嚎叫一通才痛快，它就会立刻咬住彼得的喉咙了。事实上——尽管这一切都太快，彼得根本来不及想——他只来得及弯下身子，使尽浑身力气，把剑刺进那猛兽前腿之间，刺中了心脏。接下来一段工夫又可怕又混乱，就像噩梦中的情景。他用力拖啊，拉啊，那匹狼既不像死了，也不像活着，露出一口利牙磕在他的额头上，一切都沾满了血、热气和皮毛。又过了一会，他才发现那头巨兽已经倒地死去。他拔出剑，挺直腰板，擦去满头满脸的汗。他觉得累坏了。

过了一会儿，苏珊才从树上下来。她见到彼得时两人都觉得有点摇摇晃晃。不用说，双方见了不免又是亲吻又是哭泣。不过在纳尼亚，没人会为这事而把你往坏处想的。

“快！快！”只听得阿斯兰的声音在大声喊叫，“人头马！雄鹰！我看见灌木丛中还有一匹狼。瞧——在你们后面！它要到它的女主人那儿去了。现在正是你们找到女巫和救出第四个人类的儿子的好机会。”话音刚落，顿时响起一阵雷鸣般的马蹄声和翅膀扑棱声，约有十几只动作最迅速的动物消失在暮色中。

彼得还没喘过气来，转过身，看见阿斯兰就在他身边。

“你忘了把剑擦干净。”阿斯兰说。

这话不错，彼得看到那把光亮的剑已经被狼的毛和血弄污了，不由涨红了脸。他弯下腰，在草地上把剑擦干净，再在自己衣服上把剑擦干。

“把剑递给我，跪下，人类的儿子。”阿斯兰说。彼得遵命跪下以后，它用剑的平面拍了他一下，说道：“起来吧，彼得·芬瑞斯-贝恩阁下。不管出了什么事，永远别忘记擦干净你的剑。”

13

远古时代的高深魔法

现在我们得回头交代爱德蒙的事了。他被迫走啊走的，走了老远老远，就他所知，谁也走不了比这更远的路，女巫这才终于在一个覆盖着冷杉和紫杉的暗谷里停了下来。爱德蒙什么也不干，只是扑倒在地上，如果他们就让他一动不动地躺着，他连下面会出什么事都不在乎。他太累了，连自己多饿多渴也顾不上了。女巫和小矮人就在他身边低声说着话。

“不，”小矮人说，“现在没用了，女王啊。他们这会儿一定已经赶到石桌了。”

“也许狼会闻到我们的行踪，给我们送信来。”女巫说。

“如果来，也不见得是好消息。”小矮人说。

“凯尔帕拉维尔有四个宝座，”女巫说，“如果只有三个有人坐呢？那预言就实现不了。”

“既然它在这儿，那又有什么关系呢？”小矮人说。即使事到如今，他仍然不敢在女主人面前提阿斯兰的名字。

“也许它待不长。那时——我们就可以抓到凯尔的那三个。”

“话说回来，还是留着这一个”——小矮人说到这儿踢了爱德蒙一下——“做交易的好。”

“是啊！饶他一条活命。”女巫不屑一顾地说。

“那么，”小矮人说，“我们最好马上就干我们该干的事。”

“我宁愿在石桌那儿干，”女巫说，“那是最合适的地方。以前干这种事总在那儿。”

“要过很长一段时间石桌才能再派上原有的用场呢。”小矮人说。

“不错，”女巫说，接着又说，“好吧，我就要开始了。”

正在这时，一匹狼急匆匆咆哮着冲到他们面前。

“我看见他们了。他们全在石桌那儿，跟它在一起。他们把我的队长芬瑞斯·乌尔夫杀了。我躲在灌木丛里全看见了。是一个人类的儿子杀了它。快逃！快逃！”

“不，”女巫说，“不必逃。你快去，召集所有人马尽快赶到这儿来跟我会合。动员巨人、狼人，还有站在我们这一边的树精。动员食尸鬼、妖怪、吃人魔鬼、牛头怪。动员冷面怪、巫婆、幽灵，以及毒菌怪。我们要战斗。什么？我不是还有魔杖吗？即使他们来了，不也会变成石头吗？快走吧，趁你走的这段时间，我还有点小事要完成呢。”

那头巨兽鞠个躬，转过身就一溜烟走了。

“好了！”她说，“我们没桌子——让我想想。我们最好把他绑在树干上。”

爱德蒙只觉得自己被粗暴地拉了起来。接着小矮人让他背靠着一棵树，把他紧紧绑上。他看见女巫脱下了外面的披风，露出里面两条光胳膊，白得吓人。因为胳膊那么白，在漆黑的树下，这个山谷里又那么黑，他没法看见另外的东西。

“把祭品准备好。”女巫说。小矮人解开爱德蒙的领子，把领口往里折，露出脖子。随后他抓着爱德蒙的头发，把头往后拉，使他只好抬起下巴。此后爱德蒙听见一种怪声：嗖——嗖——嗖——他一时想不出这是什么声音。后来才明白，那原来是磨刀声！

就在这个时候，他听见四面八方喊声震天响——一阵阵蹄声，一阵阵翅膀扑棱声——女巫一声尖叫——周围一片混乱。于是他发现被松了绑。好几条有力的胳膊扶着他，只听见几个和气的大嗓门在说："让他躺下——给他点酒——喝了这个——沉住气——你一会儿就没事了。"

接着他又听见好多声音，它们不是在对他说话，是相互间在说话。它们说什么"谁抓到女巫了？"——"我以为你抓到她了呢。"——"我把她手里的刀打下了就没见到了。"——"我在追小矮人。"——"你意思是说她逃走了吗？"——"一个人不能面面俱到啊。"——"那是什么？哦，可惜，那只是一截老树桩！"不过听到这儿，爱德蒙就晕了过去，什么也不知道了。

不久，那些人头马、独角兽、鹿和鸟（它们当然是上一章里说的阿斯兰派出去的救兵）就带着爱德蒙一起出发回石桌那儿去。不过它们如果能看见它们走后山谷里发生的事，我想它们准会大吃一惊的。

山谷里一片寂静，不久月光更明亮了，如果你在场，就会看到月亮照在一截老树桩和一块不大不小的鹅卵石上。但如果你继续观察，就会逐渐想到这树桩和石头有点怪。下一步你会觉得那个树桩其实很像一个小胖子趴在地上。如果你观察的时间够长的话，就会看见那个树桩走到石头身边，石头坐起来，开始跟树桩讲话；因为事实上树桩和石头就是女巫和小矮人。变形术，这就是女巫魔法中的一项伎俩，就在她的刀被打下来那一刹那，她就不慌不忙地施出了这一招。她一直是魔杖不离手，因此魔杖也还是好好的。

第二天早上，另外那三个孩子醒来以后（他们就睡在帐篷里一堆堆垫子上），首先就听到海狸太太对他们说：他们的兄弟已经得救，昨天深夜已经带回营地，这会儿正在阿斯兰那儿。他们刚吃完早饭就一起上外面去，只见阿斯兰和爱德蒙撇开在场的其他人，在挂满露珠的草地上一起散步。不用告诉你阿斯兰说了些什么（也没人听说过），不过这次谈话是爱德蒙终身难忘的。三个孩子走近时，阿斯兰带着爱德蒙一起转身来见他们。

“你们的兄弟来了，”它说，“过去的事就不必再跟他提了。”

爱德蒙跟大家一一握手，挨个儿说了声“对不起”，大家都回了声“没关系”。随后，大家都想说点什么能表明他们大家跟他重新友好的话——说点寻常而自然的话——当然谁也想不出说什么才好。不过他们还没来得及感到尴尬，一头豹就来到阿斯兰跟前说：

“陛下，敌方来了一个信使请求晋见。”

“让他进来。”阿斯兰说。

豹子走开了，不一会就领着女巫的小矮人回来。

“你带来什么口信，大地的儿子？”阿斯兰问。

“纳尼亚女王兼孤独群岛女皇陛下要求给予安全保证，前来跟你会谈，”小矮人说，“商谈双方互利的事项。”

“纳尼亚女王，岂有此理！”海狸先生说，“竟有这样的厚脸皮——”

“安静，海狸，”阿斯兰说，“恶有恶名，善有善名，不久个个都将正名。现在我们也不要争吵。告诉你的女主人，我，大地的儿子，保证她的安全，条件是她得将魔杖留在那棵大橡树下。”

小矮人同意了这一点，两头豹跟小矮人一起回去监视对方是否履行条件。“但假如她把两头豹变成石头可怎么办呢？”露茜悄声对彼得说。

我认为豹子自己也有同样的想法；总之，它们走去时背上的毛一根根全都竖起，尾巴也翘得笔直——像猫见到陌生的狗那样。

“没事儿，”彼得悄声回答说，“如果有事儿它就不会派它们去。”

几分钟以后，女巫本人走上小山顶，一直走过去，站在阿斯兰面前。三个孩子以前都没见过她，一看她那张脸就觉得背上一阵发毛；在场的所有动物也都低声咆哮。虽然这时阳光明媚，可每个人都突然感到一阵寒意。现场只有阿斯兰和女巫两个看来仍然从容自若。看见一张金黄色的脸和一张惨白的脸，两张脸凑得这么近，真是件天大的怪事。怪的倒不是女巫竟然正视阿斯兰的眼睛，海狸太太特别留心到这一点。

“你身边有一个叛徒，阿斯兰。”女巫说。当然在场的人都知道她指的是爱德蒙。但爱德蒙经过了这一事件，早上又谈了一次话，已经不再只考虑自己了。此刻他只是一直望着阿斯兰。女巫说什么他似乎并不在意。

“得了，”阿斯兰说，“他又不是跟你过不去。”

“难道你忘了高深魔法吗？”女巫问道。

“就算我已经忘了，”阿斯兰庄重地回答说，“给我们讲讲这高深的魔法吧。”

“讲给你听？”女巫说，她的声音突然变得更尖厉了，“讲给你听我们身边那张石桌上写了些什么？讲给你听在梣树王的树干上早就深深镌刻着什么吗？讲给你听海外皇帝的宝杖上刻着什么？至少你知道皇帝最初在纳尼亚施展的魔法吧。你知道每个叛徒都归我，当作合法的祭品，凡是有谁背叛，我都有权杀了他。”

“哦，”海狸先生说，“原来你就这样自以为是个女王——因为你是皇帝的刽子手。我懂了。”

“安静，海狸。”阿斯兰说着低低咆哮了一声。

“所以说，”女巫继续说，“那个人归我。他的生命全在我手里，他的血也归我所有。”

“那你来拿拿看吧。”人头马大声怒吼着说。

“笨蛋，”女巫凶残地笑着说，几乎是在吼叫，“你当真认为你的主人单用武力就可以抢走我的权力吗？它懂得高深魔法，决不会这么糊涂。它知道除非我依法得到血，否则纳尼亚就将在烈火洪水之中覆灭。”

“一点不错，”阿斯兰说，“我不否认这一点。”

“哦，阿斯兰！”苏珊悄悄在狮王耳边说，“我们能不能——我的意思是，行不行——我们能不能在高深魔法上想点什么办法？你有办法对付高深魔法吗？”

“对付皇帝的魔法？”阿斯兰说着脸上露出不大高兴的样子。于是再也没人向它提出那种建议了。

爱德蒙站在阿斯兰的另一边，一直望着阿斯兰的脸。他有一种透不过气来的感觉，不知道自己该不该说点什么；但过了一会儿，他觉得自己除了等待，按照人家的吩咐去做之外，什么也干不了。

“你们大家全都退下，”阿斯兰说，“我要跟女巫单独谈谈。”

大家全都遵命。这段时间可真难熬——当狮王和女巫低声诚恳会谈时，大家就等啊等的，满心疑虑。露茜说了声“哦，爱德蒙”就哭了起来。彼得背对着大家，看着远处的大海。海狸夫妇相互拉着爪子，低头站着。人头马不安地直跺脚。

不过大家最后都寂静无声，静得连野蜂飞过的细微声音，或是山下林子里小鸟的动静，或是风吹树叶沙沙响的声音都能听见。阿斯兰和白女巫仍在继续会谈。

最后他们听见了阿斯兰的声音。“你们大家可以回来了，”他说，“我把这事解决了。她放弃了要你们兄弟的血的权力。”这时整个山头都有了声音，仿佛大家刚才一直屏息以待，现在才又开始呼吸了；随后就是一阵喃喃的说话声。他们都开始回到阿斯兰的宝座边来。

女巫脸上露出一股狂喜的神情，正要转过身去，却又停下来说：

“但我怎么知道你能守信呢？”

“啊呜！”阿斯兰半身离开宝座怒吼起来，只见它那张大嘴越来越大，吼声也越来越响，而女巫呢，也张大了嘴巴，盯着狮王看了一会儿以后，就拉起裙子，老老实实逃命去了。

14

女巫的胜利

女巫刚走，阿斯兰就说："我们得马上离开这个地方，这儿要派别的用场。我们今晚得到贝鲁那浅滩去安营。"

大家当然都很想问问它，它是怎么跟女巫商定这件事的，但阿斯兰面如铁板，而且大家耳边依然回荡着它的怒吼声，因此谁也不敢开口。

在山顶露天下吃了一顿饭后（因为阳光这会儿已经很强，把草地都晒干了），他们忙了一阵子，拆掉帐篷，收拾东西。不到两点，他们就开始行程，向西北方向出发，大家从从容容地走着，因为要去的地方并不很远。

旅途中开头一段时间，阿斯兰向彼得说明它的作战计划。"女巫一旦完成她在这一带的活动，"它说，"她同那一伙几乎肯定要退回她的老窝准备一次围攻。你有可能切断她的路，不让她回到老窝，也有可能切不断。"随后它继续提出两种作战方案——一种是跟女巫及其一伙在树林里作战，另一种是袭击她的城堡。在这段时间里它一直指点彼得怎么指挥战斗，说什么"你必须把你的人头马布置在某某地方"，或者说"你必须派侦察员去看好她，不要让她怎么怎么的"，彼得最后问：

"但你自己不也在场吗，阿斯兰？"

"那我可不能保证。"狮王回答说，同时它继续给彼得指示。

到了旅途的最后一个阶段，苏珊和露茜看阿斯兰的时间最多。它不大说话，而且她们似乎觉得它有点忧伤。

天还没黑，他们到了一个地方，这儿河谷豁然开阔，河面又宽又浅。这就是贝鲁那浅滩，阿斯兰下令大家停在水的这一边。但彼得说：

“把营地驻扎在那一边岂不更好——因为就怕她会来一次夜间偷袭什么的。”

阿斯兰似乎正在想着另外的事情，只见它那身漂亮的鬃毛一抖，这才回过神来，说道：“啊，什么？”彼得又说了一遍。

“不会。”阿斯兰声音低沉地说，似乎这事没什么关系。“不会，她今夜不会发动进攻的。”接着它深深叹了口气。但一会儿它又加了一句，“想得周到还是好的，军人就应该这样考虑。不过这其实没什么关系。”于是他们就动手搭帐篷了。

那天傍晚，阿斯兰的情绪影响了大家。彼得想到要由他来打这一仗，心里觉得很不安，阿斯兰可能不在场的消息对他是一大打击。那天晚上一顿饭大家吃得鸦雀无声。大家都觉得这天晚上跟昨天晚上甚至当天早上大不一样。仿佛好时光刚刚开头，却已经快结束了。

这种感觉对苏珊也大有影响，她上床后一直睡不着。她躺在那儿数数，又不停地翻来覆去，后来只听见露茜长叹一声，在暗中翻到她身边。

“你也睡不着吗？”苏珊问。

“是啊，”露茜说，“我还以为你睡着了呢。我说，苏珊！”

“什么事？”

“我有一个最可怕的预感——好像有什么大事要临头了呢。”

“是吗？因为，事实上，我也有这种感觉。”

“事情跟阿斯兰有关，”露茜说，“不是它要出什么可怕的事，就是它要干什么可怕的事。”

“整个下午它都不大对劲，”苏珊说，“露茜！它说打仗时不跟我们在一起是什么意思？你看它今晚不会离开我们、偷偷溜走吧？”

“它现在在哪儿？”露茜说，“它在这帐篷里吗？”

“不见得。”

“苏珊，让我们出去，到处看看。也许看得见它。”

“好，走吧，”苏珊说，“醒着躺在这儿还不如出去看看呢。”

两个女孩悄没声儿，在其他睡着的人中摸索出一条路，偷偷出了帐篷。月光皎洁，除了河水潺潺流过石头的声音，一切都十分寂静。这时苏珊突然抓住露茜的胳膊说：“瞧！”她们看见营地的那一边，就在树林边上，狮王正慢慢离开大家，走进树林里去。她俩一句话也没说，就跟着它走去。

它领着她们爬上河谷的陡坡，然后稍微向左走去——显然这是当天下午她们从石桌山下来时走的路线。它领着她们走啊走啊，走进黑咕隆咚的阴影里，又走到苍白的月光下，走得她们的脚都被浓密的露水弄湿了。不知怎么的，它看上去和她们认识的阿斯兰不一样了。它的尾巴和脑袋都耷拉下来，慢吞吞地走着，仿佛它非常、非常累了。后来，她们在穿过一片开阔的空地时，那儿没什么阴影让她们躲避，它停下了，四面张望着。这时再逃走可就不好了，因此她们就朝它走去。她们走近时它说：

“哦，孩子们，孩子们，你们干吗跟着我呀？”

“我们睡不着。”露茜说。她深信自己不用多说，她们一直在想什么，阿斯兰全都知道。

“我们跟你一起去好吗——不论你上哪儿？”苏珊说。

“这个嘛——”阿斯兰说，它似乎在考虑；后来它说，“今晚我很高兴有人陪伴。好吧，如果你们答应我叫你们停下就停下，然后让我一个人去，那你们就可以跟我来。”

“哦，谢谢你，谢谢你，我们答应。”两个女孩子说。

他们又往前走了，两个女孩子分别走在狮王两侧。可是它走得多慢哪！它那庄严、高贵的脑袋低垂着，鼻子都快挨到草地了。不久它一个踉跄，发出一声低低的呻吟。

“阿斯兰！亲爱的阿斯兰！”露茜说，“怎么了？你能告诉我们吗？”

“你病了吗，亲爱的阿斯兰？”苏珊问道。

“没有，”阿斯兰说，“我感到悲伤和孤独。你们把手搁在我的鬃毛上，好让我感觉到你们在这儿，我们就这样走吧。”

于是两个女孩子照它的话做了。这可是从她们第一次看到它就想做而不经他许可永远也不敢做的事呀——她们真的把冰凉的手伸进它那一大片美丽的鬃毛里，抚摩着它，一面跟它一起走着。不一会儿她们就看出她们跟着它已经爬上了石桌山的山坡。她们爬到树林边缘那儿，等她们走到最后一棵树旁（就是周围还有几丛灌木的那棵），阿斯兰就停下说：

“哦，孩子们，孩子们，你们得在这儿停下了。不论发生什么事，可别让人家看见你们。永别了。”

于是两个女孩子都放声痛哭（虽然她们自己也不知道为什么要哭），她们搂着狮王，亲亲它的鬃毛，它的鼻子，它的爪子，以及它那庄重、悲哀的眼睛。这时它才转过身去，走向山顶。露茜和苏珊蹲在灌木丛中目送着它，以下就是她们看到的情景。

石桌周围站着好大一堆人，尽管是在月光下，仍然有好多人手里拿着火把，火把燃烧时吐出一团邪气的红焰和黑烟。可那是些什么人啊！长着怪牙的吃人恶魔、豺狼、牛头怪、恶树精和毒树精；其他动物我就不一一描写了，因为如果我再描写下去，大人可能就不让你们看这本书了——其中有冷面怪、巫婆、恶梦魔鬼、阴魂、恐怖魔鬼、小妖精、大头鬼和小头鬼等等。事实上凡是站在女巫这一边、听到狼传下女巫命令的都来了。站在中间，靠着石桌的就是女巫本人。

这些畜生起先看见伟大的狮王向它们走去时，都发出一阵阵惊慌的嚎叫，就连女巫自己一时也害怕起来。随后她就镇定了，发出一阵粗野的狂笑。

“那笨蛋！”她叫道，“那笨蛋来了。把它紧紧捆上！”

露茜和苏珊连大气也不敢出，只等阿斯兰一声怒吼，向它的敌人扑去。可是它竟没吼。四个巫婆龇牙咧嘴，斜眼看着阿斯兰，她们走近它身边时，开头也犹豫不前，对要做的事有点害怕。“我说，把它捆上！”白女巫又说了一遍。四个巫婆向它冲去，当她们发现它毫不抵抗时，才发出胜利的尖叫。随后凶恶的小矮人和猿猴们都一拥而上，前来帮助她们，它们把体形庞大的狮王掀翻在地，把它四个爪子绑在一起，叫喊欢呼，仿佛它们做了什么勇敢的事，虽然只要狮王愿意，一只爪子就可以要了它们大家的命；但它却一声不吭，甚至敌人又拉又拖，绳子拉得那么紧，都勒进肉里去了，它也不吭声。接着它们开始把它拖向石桌。

“停下，”女巫说，“先把它的毛剃了！”

一个吃人恶魔拿着一把大剪刀走上前来，蹲在阿斯兰脑袋旁边，女巫的爪牙们发出一阵恶毒的狂笑。大剪刀咔嚓咔嚓，一堆堆卷曲的金色鬃毛纷纷掉在地上。剪完后吃人恶魔退后一步站着，两个女孩子从她们隐蔽的地方看得见阿斯兰的脸没有了鬃毛显得那么小，那么异样。敌人也看到了这一差别。

“咦，到头来，只不过是一只大猫啊！”一个爪牙叫道。

“我们过去怕的就是那东西吗？”另一个爪牙说。

它们全都拥向阿斯兰身边嘲笑它。说什么“咪咪，咪咪，可怜的猫咪”，还有“你今天抓了几只老鼠，猫儿？”又说“你要一碟牛奶吗，小猫咪？”

“哦，它们怎么能这样？”露茜说道，脸蛋上泪珠滚滚而下。“畜生！畜生！”因为此刻一开头感到的震惊过去了，她觉得阿斯兰剪掉毛的脸看上去比以前显得更勇敢、更美丽、更坚忍。

“把它的嘴套上！”女巫说。即使现在，它们在给它套嘴套的时候，它只要张嘴一咬，就会咬掉它们两三只手。但它一动也不动。这群乌合之众似乎红了眼，如今大伙儿都来欺侮它了。那些连它被绑起来以后仍然怕靠近它的，竟也鼓起勇气来。过了片刻，两个女孩子连看也看不见它了——它被整群动物密密麻麻地包围着，大家踢它，打它，向它吐唾沫，嘲笑它。

最后这伙暴徒闹够了。大家开始把五花大绑、戴着嘴套的狮王拖向石桌，推的推，拉的拉。阿斯兰那么魁梧，即使它们把它拖到石桌边，也得用尽全部力气才能把它抬到石桌面上。后来它又被紧紧捆上了很多道绳子。

“胆小鬼！胆小鬼！”苏珊呜咽着说，“事到如今，它们还在害怕它吗？”

等到阿斯兰被捆在那块平坦的石头上（而且捆得简直成了一大堆绳子），这群暴徒才静了下来。四个母夜叉拿着四支火把，站在石桌四角。女巫捋起袖子，就跟前一个晚上她对付爱德蒙时一样。接着她磨刀霍霍。在两个女孩子看来，那刀给火把光一照，似乎不是钢刀而是石刀，而且形状又古怪又可恶。

最后她走近了。她站在阿斯兰头边。她激动得脸也抽搐扭曲起来，但它却仰着脸望着天空，仍然很平静，既不生气，也不害怕，只有一点忧伤。这时，就在她要砍下去的时候，她弯下腰，用颤抖的声音说：

“现在，是谁赢了？笨蛋！你以为这样一来就救了那个人类的叛徒吗？按照我们的条约，现在我要把你杀了来代替它，这一来高深魔法才会应验。但等你死了，谁还能阻止我把他也杀了呢？而且到了那时，谁又来从我手里把他救出去呢？你要明白，你已经把纳尼亚永远给我了，你送了自己的命，还没救出他。知道了这一点也太晚了，没指望了，死吧！”

姐妹俩没看到杀头的那一时刻。她们不忍心看，都蒙住了自己的眼睛。

15

太古时代更加高深的魔法

两个女孩子还蹲在灌木丛中，双手掩面的时候，听见女巫大声叫喊："好了！大家都跟着我，我们要去收拾这些残兵败将了！既然这个大笨蛋，这只大猫死了，我们不久就可以打垮这些人渣和叛徒。"

这时姐妹俩有一阵倒是非常危险了，因为只听见阵阵野蛮的叫喊，尖锐的风笛声、号角声响成一片，那帮恶劣的暴徒从山顶上一哄而下，正好经过她们藏身的地方。她们只觉得幽灵像一阵阴风从身边掠过，大地在牛头怪奔驰的蹄声中颤抖了，头顶上一阵猛禽扑翅的腥风，只见黑压压一片都是兀鹰和大蝙蝠。换了别的时候，她们早就害怕得浑身发抖了，但如今阿斯兰一死，她们满脑子悲哀、羞辱和恐怖，简直没想到害怕。

树林里刚刚静下来，苏珊和露茜就爬到空旷的山顶上。月亮虽快落下，又有片片浮云遮掩，但她们仍然看得出狮王五花大绑横尸那儿的模样。她俩跪在湿漉漉的草地上，亲着它冰凉的脸，抚摸它美丽的毛——剩下来的那点毛——哭到哭不出来为止。随后她们彼此对望着，由于感到凄凉，两人手拉手又哭了起来，接着又一次沉默。最后露茜说：

"我受不了那只可怕的嘴套的样子。不知我们能不能把嘴套拿掉？"

于是她们就试试看。弄了好一阵子之后（因为她们的手指都冰凉，而且这时正是夜里最黑暗的时候），她们终于拿掉了。等她们看到它脸

上没有嘴套了，她们又大哭起来，又是亲吻，又是抚摸，还尽可能把上面的鲜血和泡沫擦掉。这种凄凉、绝望、可怕的情景我真不知怎么描写才好。

“不知我们能不能把它身上的绳子也解开？”不一会儿苏珊说。但敌人出于怨恨把绳子拉得很紧很紧，两个女孩怎么也解不开这些结。

我希望本书读者没人像苏珊和露茜那天晚上那么痛苦过；不过如果你曾经有过——如果你整夜没睡，哭得再也哭不出眼泪——你就知道到头来，心境就会有一种平静。你觉得似乎再也不会出什么事了。不管怎么说，这两个女孩子当时的感觉就是这样。时间似乎就在这种麻木的平静中过去了好几个小时，她们简直没注意到自己越来越冷了。但最后露茜总算注意到两件事情。第一点，小山东面的天空比一小时前亮了一点。第二点，她脚边的草地上有些小小的动静。开头她对此毫无兴趣。这又有什么关系呢？现在什么都无所谓了。但她终于看出这不知名的东西开始爬上石桌那四条笔直的腿了。这会儿，那些东西正在阿斯兰身上爬来爬去呢。她凑近仔细看看，原来是些灰不溜秋的小东西。

“嗨！”苏珊在石桌对面说，“多讨厌！爬在它身上的是些讨厌的小老鼠。走开，你们这些小畜生。”她举起手想把它们吓跑。

“等等！”露茜仍然在近处一直看着它们，“你看不出它们在干什么吗？”

两个女孩子都弯下腰，目不转睛地盯着。

“真的，我信了！”苏珊说，“多怪啊，它们正在咬断绳子呢！”

“我也这么想，”露茜说，“我看它们是友好的老鼠。可怜的小东西——它们不知道阿斯兰死了。它们以为把绳子解开会对它有点好处。”

这会儿天亮多了，两个女孩子这才第一次注意到彼此的脸多么苍白。她们看得见那些小老鼠，几十只几十只的，甚至有成百上千只，一口口咬着，最后，那些绳子全被咬断了。

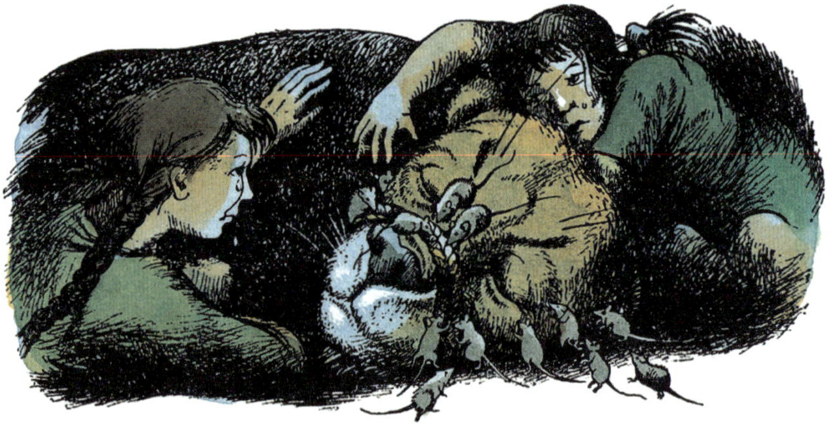

这会儿东方的天空已经发白，星星渐渐隐没——只有地平线上还有一颗很大的星星。这时她们觉得比晚上更冷了。那些小老鼠也都爬开了。

姐妹俩把咬断的绳子残屑都清除掉。没有这些绳子，阿斯兰就恢复了原来的模样。天色越来越亮，她们也更看得清，它那张没有生气的脸看上去越来越高贵了。

她们背后的林子里有只鸟儿叽喳叫了一声。因为好几个小时以来这里都是一片寂静，这声音把她们吓了一跳。接着另一只鸟儿应和了。不一会儿到处都是鸟儿在歌唱。

这会儿肯定是清晨不是深夜了。

“我真冷。”露茜说。

“我也是，”苏珊说，“我们走走吧。”

她们走到小山的东崖边往下看去。那颗大星星几乎消失了。田野看上去全是深灰色一片，不过在田野外天边的那片大海倒是一片灰白。天空开始转红了。她们在死去的阿斯兰和东面山脊之间来回走了无数次，想法取暖；啊呀，她们的腿有多累啊。于是，她们站了一会儿，眺望大海和凯尔帕拉维尔（这会儿她们才看得出城堡的轮廓），在海天相连的地平线上，红红的天色终于变成了金黄，太阳冉冉升起来了。就在这时，她们听见背后一声巨响——一声震耳欲聋的响声，仿佛一个巨人绷裂了铠甲。

“那是什么声音？”露茜说着一把揪住苏珊的胳膊。

“我——我害怕回过头去，”苏珊说，“出了什么可怕的事了。”

“它们对它下毒手啦，”露茜说，“快来吧！”她拉着苏珊一起转过身来。

太阳一升起，这儿一切看上去就大不相同了——所有的色彩和阴影

都变了——因此一时间她们并没有看出那件大事。后来她们才看见，原来那张石桌在一声巨响中从头到尾裂成两半；而阿斯兰不见了。

“哦，哦，哦！”两个女孩子哭着奔回石桌。

“哦，这太糟糕了，”露茜呜咽着说，“它们该留下尸体的。”

“这是谁干的呢？”苏珊叫道，“这是什么意思？这又是魔法吗？”

“是的，”她们身后有一个洪亮的声音说，“这又是魔法。”她们回头一看。只见阳光下，站着的正是阿斯兰，个头比她们先前看到更大的，一面还在抖动鬃毛的（显然鬃毛又长出来了）。

“哦，阿斯兰！”姐妹俩都叫了起来。她们目不转睛地看着它，心里又高兴又害怕。

“原来你没死，亲爱的阿斯兰？”露茜说。

“这会儿没死。”阿斯兰说。

“你不是一个——不是一个——？”苏珊声音颤抖地问。她不忍心说出那个“鬼”字。

阿斯兰俯下金色的脑袋，舔舔她的额头。它呼出的气是暖烘烘的，鬃毛里似乎发出一股浓浓的香味笼罩着她。

“我像吗？”它说。

“哦，你是真的，你是真的！哦，阿斯兰！”露茜叫着，两个女孩子都扑上前去，把它吻个遍。

“可是这一切都是什么意思呢？”等大家稍微平静了一点，苏珊问道。

“意思是，”阿斯兰说，“虽然女巫懂得高深魔法，可她不懂得还有更高深一层的魔法。她懂的那一套只到远古时代为止。但如果她能看得更远一点，看到太古时代的寂静和黑暗深处，她就会看到还有一条不同的咒语。她就会知道一个自愿送死的牺牲者，本身没有背叛行为，却被当作一个叛徒而杀害，石桌就要崩裂，死亡就会起反作用。而现在——”

“哦，是啊，现在呢？”露茜跳起来拍着手说。

“哦，孩子们，”狮王说，“我觉得自己的力量又恢复了。哦，孩子们，看看你们能抓住我吗？”它站了一会儿没动，眼睛闪闪发亮，四肢抖个不停，尾巴用力甩啊甩的。接着它一跃而起，跳过她们头顶，落在石桌对面。露茜哈哈大笑，虽然她自己也不知道为什么笑；她赶紧爬过石桌去抓他。阿斯兰又是一跳。一场疯狂的追逐就此开始。它带领她们在山顶上转啊转啊，一会儿让她们够也够不着，一会儿让她们差点抓到它的尾巴，一会儿从她们中间冲过去，一会儿用它美丽而柔软的大爪子把她们抛向半空又接住，一会儿又冷不防停下来，弄得三个嘻嘻哈哈滚成一团，只看见一堆皮毛啊、胳膊啊、腿啊什么的。这场嬉闹除了在纳尼亚，可没人玩过；而且露茜怎么也拿不准，她们究竟是在跟雷雨玩呢，还是在跟小猫玩。有趣的是等他们三个最后一起躺在太阳下喘气的时候，两个女孩子却再也不感到疲劳、饥饿和口渴了。

“好了，”阿斯兰不一会儿就说，“干正经事吧。我觉得我要吼了，你们最好把耳朵堵上。”

她们照办了。阿斯兰站起来，等它张开嘴怒吼时，它的脸变得那么可怕，她们都不敢正眼看它了。而且她们还看见它面前的树随着吼声全部弯下了腰，草也随风弯曲成了一片草场。随后它说：

“我们要走的路长着呢，你们一定得骑在我身上。”于是它趴下了，姐妹俩就爬到它温暖的金色的背上，苏珊坐在前面，紧紧抓住它的鬃毛，露茜坐在后面，紧紧抓住苏珊。它猛一挺身，站起来就飞奔而去，比任何骏马都快，下了小山，进入密林。

这次骑狮也许是她们到纳尼亚以来最美妙的事了。你曾经骑马奔驰过吗？想想吧，然后去掉沉重的马蹄嘚嘚声和鞍具的叮当声，只想着那四只大爪子，着地几乎无声无息。再想想黑的、灰的或栗色的马背换成了柔软的金黄色皮毛，鬃毛在风中飞舞。再想想，你比跑得最快的赛马还要快两倍。而且这次骑行既不需要带路的，也绝不会疲劳。阿斯兰往前冲啊冲的，从不失足，从不犹豫，它熟练地在树干之间穿过，跳过灌木丛，跳过荆棘丛，跳过小溪，蹚过小河，游过大河。而且你不是在路上骑行，也不是在公园里，甚至也不是在草原上，而是横穿整个纳尼亚，在春天里，走过条条幽暗的山毛榉林荫路，穿过橡树林间块块向阳的空地，穿过片片有雪白樱树的野生果园，路过水声轰鸣的瀑布、青苔覆盖的岩石、回声不绝的山洞，爬上金雀花丛映照的多风的山坡，穿过有茂密石楠的山肩，沿着令人眩晕的山脊，跑下去，跑下去，又一次跑进开阔的山谷，跑进大片的兰花地。

快到中午的时候，他们发现自己正在一片陡峭的山坡上，俯看一座城堡——从他们站的地方望去就像一个小小的玩具城堡——看上去似乎全是尖尖的塔楼。不过狮王正全速冲向城堡，因此城堡也就越来越大，她们还来不及问自己这是哪儿，就已迎面来到城堡前。此刻已不再像玩具城堡，而是阴森森地耸立在她们面前了。城垛上看不见人影，城堡大门也紧紧闭着。阿斯兰却一点没有放慢步子，像一颗子弹似的，笔直朝城堡冲去。

“女巫的老窝到了！”它叫道，“好了，孩子们，抓紧啊！”

一眨眼，天翻地覆，姐妹俩只觉得五脏六腑都翻了出来，因为狮王振作精神，又跳了一大跳，这一次比它以往任何一次都跳得更高——不妨说它不是跳，而是一直飞过了城堡的墙头。两个女孩子气都喘不过来，但丝毫没受伤，不知不觉中已从狮背上滚了下来，落在一个宽阔的石头院子里，里面全是石像。

16

石像的遭遇

“多怪的地方！”露茜叫道，“所有那些石头动物——还有石人！就像——就像一个博物馆。”

“嘘！”苏珊说，“阿斯兰在施什么法了。”

它果然在施法。它跳到石狮面前，对石狮吹了口气。接着突然转过身去——几乎像猫在追自己的尾巴——对那个石头小矮人也吹了口气，你们大概还记得，这小矮人正背对着石狮，站在相隔一两英尺的地方。然后它又突然扑向站在小矮人那边的一个高大的石头树精，又赶快转到另一边去对付它右面的一只石兔，再冲到两个人头马身边。但就在这时露茜说：

“哦，苏珊，瞧！瞧那只狮子。”

我想你们都见过人家点上一根火柴，凑到壁炉架里一团没点燃的报纸前那种情况。开头的一刹那似乎毫无动静，接着你们就看到一丝小小的火焰在报纸的边缘蔓延。此时的情况正是如此。阿斯兰对石狮吹了口气以后，有一刹那，那只石狮看上去并没什么两样。后来它那白色大理石的背上开始掠过一小缕金色——然后金色蔓延开了——后来金色似乎在它全身掠过，就像火焰吞没了那一团报纸一样——然后，尽管它的后腿是石头，这只狮子却用力抖动鬈毛，所有那些沉甸甸的石头褶痕都飘动起来，成了活生生的鬃毛。它这才张开血盆大嘴，呼出生气和热气，打了一个大大的呵欠。这会儿它的后腿也活过来了。它抬起一条后腿在身上搔搔。接着，它看见阿斯兰，就跳到狮王后面，在阿斯兰身边又蹦又跳，高兴得哭了起来，还跳起来舔舔阿斯兰的脸。

两个女孩子的眼睛当然都跟着狮子转；不过她们看到的景象那么奇妙，因此很快就把它忘了。到处都是活过来的石像。这院子不再像一个博物馆，倒像一个动物园了。动物们都跟着阿斯兰跑，围着它跳舞，到后来它几乎被大伙儿遮住看不见了。院子里本来是一片惨白，如今却是色彩斑斓；人头马栗色的马身，独角兽深蓝色的角，百鸟绚烂的羽毛，红棕色的狐狸，狗和森林神，穿黄袜子戴红风帽的小矮人，一身银装的白桦姑娘，晶莹碧绿的山毛榉姑娘，还有落叶松姑娘，一身苍翠的衣装鲜艳得都快发黄了。这地方原来死气沉沉，一片寂静，如今整个院子里都回荡着欢乐的喧闹声：狮吼，虎啸，驴叫，狗吠，鸽咕，马嘶，还有尖叫声、顿脚声、呐喊声、欢呼声、歌声和笑声。

"哦，"苏珊说话的声音都变了，"瞧！不知道——我是说，不会伤人吗？"

露茜一看，只见阿斯兰朝一个石头巨人的两脚吹了口气。

"没事儿！"阿斯兰兴冲冲地大声喊叫，"只要这双脚治好了，其余的部位就会跟着好起来。"

"我不完全是这个意思。"苏珊悄声对露茜说。不过即使阿斯兰听到她的话，这会儿也来不及了。巨人两腿已经渐渐有了起色。目前他正挪动双脚，过了一会他拿下肩膀上那根大棒，揉揉眼睛说：

"天哪！我一定睡着了。嗨！那个在地上跑来跑去的该死的小女巫上哪儿去了？刚才她还在我脚边什么地方呢。"当大伙儿都抬头对他大声喊着解释这儿真正出了什么事时，巨人把手放在耳边让他们再说一遍，最后才算听明白了。接着他深深低头一躬，脑袋低得只有干草堆的顶那么高，还不断摸着帽檐向阿斯兰致意，他那张诚实而丑陋的脸满面笑容。（如今在英国无论哪种巨人都难得一见，而脾气好的巨人更少见，你们十之八九就从来没见过一个满面笑容的巨人。这情景倒很值得一看。）

“现在该上屋里去了！”阿斯兰说，“大家赶快。楼上，楼下，还有女巫的房间！每个角落都要搜。你们根本不知道那些可怜的囚犯会给藏在哪儿。”

于是他们全都冲了进去。片刻工夫，那整座黑暗、恐怖、霉臭的旧城堡里响起了开窗户和大伙儿喊叫的声音：“别忘了地牢——帮我们打开这扇门！——这儿还有一条弯曲的楼梯——哦，我说，这儿有一只可怜的小袋鼠。叫阿斯兰来——嘘！这儿多难闻——小心那些暗门——到这儿来！楼梯平台上还有好多呢！”不过最好的事要数露茜冲上楼去，嘴里大叫着：

“阿斯兰！阿斯兰！我找到图姆纳斯先生啦。哦，快来吧！”

过了一会儿，露茜和那只小羊怪就手拉手跳着舞，高兴地转了一圈又一圈。这小家伙虽然给变成了石像，但并没受伤，因此对她告诉他的一切当然都十分感兴趣。

对女巫堡垒的彻底搜查终于结束了。整个城堡都空了，门窗全都大开，阳光和芳香的春天气息涌进了所有那些黑暗而邪恶的地方，那些地方多么需要阳光和新鲜空气啊。这一大群重新获得生命的石像又拥回院子里。到了这时才有人（我想，是图姆纳斯吧）首先开口说："可我们怎么出去呢？"

因为阿斯兰是跳进来的，院子大门仍然锁着呢。

"那没关系，"阿斯兰说，随即后腿直立起来，对巨人大声喊叫。"嗨，你，上边的，"它吼道，"你叫什么名字？"

"报告大人，我是巨人伦波布芬。"巨人说着，摸摸帽子以示敬意。

"那好吧，巨人伦波布芬，"阿斯兰说，"让我们从这儿出去，好吗？"

"当然可以，大人。乐意效劳。"巨人伦波布芬说，"你们这些小家伙都离大门远点！"接着他大步走到门口，抡起大棒，砰——砰——砰。第一下，大门吱吱嘎嘎响了，第二下，大门裂开了，第三下，大门成了碎片啦。随后他又去对付大门两边的塔楼，又捶又捣，几下子工夫，两边的塔楼和旁边大部分高墙都轰隆隆倒下了，成了一大堆碎砖烂瓦；等到尘土散去，站在这个光秃秃、阴森森的石头院子里看着豁口外那些草地，摇曳的树木，森林中波光粼粼的溪流，以及溪流外的青山和山外的碧空，可真是别有风味。

"我要不是浑身臭汗才怪呢，"巨人说话时像大火车头似的直喘，"由于条件差，我想你们这些年轻小姐身上都没带手绢吧？"

"有，我有。"露茜说着踮起脚尖，尽量把她的手绢高高举起。

"谢谢你，小姐。"巨人伦波布芬说着弯下了腰。转眼间露茜吓了一大跳，因为她不知不觉中竟被巨人两个指头捏住提到半空中了。不过就在她凑近他脸的时候，他突然一惊，随即把她轻轻放回地上，嘴里还喃喃说："老天爷，我竟把小姑娘拎起来了。对不起，小姐，我还以为你就是那块手绢呢。"

“不，不，”露茜笑着说，“手绢在这儿呢！”这一回他总算设法拿到了，不过对巨人来说手绢的大小就像你们的糖精片那么大，因此她看见他一本正经地用这块手绢在他那张又大又红的脸上来回擦着，不由说：“伦波布芬先生，恐怕这块手绢对你没多大用处吧。”

“哪儿的话，哪儿的话，”巨人有礼貌地说，“从来没见过比这更好的手绢。这么精致，这么方便。所以——我都不知怎么形容了。”

“他是个多么好的巨人啊！”露茜对图姆纳斯先生说。

“哦，是啊，”羊怪回答说，“布芬家的人全是那样的。他们是纳尼亚最受人尊敬的巨人家族之一。也许不太聪明（我从来就不知道有聪明的巨人），但他们是一个古老的家族。你知道，这是有传统的。如果他是另外一种人，她也根本不会把他变成石头了。”

这时阿斯兰拍拍爪子，叫大家安静下来。

“我们今天的工作还没完呢，”它说，“如果要在睡觉前打败女巫，我们必须立刻找她打一仗。”

“希望算我一个，先生。”那最大的人头马加了一句。

“当然，”阿斯兰说，“现在呢，那些跟不上的——就是说，孩子们、小矮人和小动物们——必须骑在那些跟得上的动物背上——就是说，狮子、人头马、独角兽、马、巨人和鹰。那些鼻子灵的必须跟我们狮子一起走在前头，好闻出哪儿在打仗。赶快，你们自己分分类吧。”

接着就是一阵忙乱，一阵欢呼，它们都分好了。这里头最高兴的要算另外那头狮子了，它一直东跑西颠装作忙忙碌碌的样子，其实是为了对它见到的每一个人说：“你听见它说什么了吗？我们狮子。那意思就是它和我呀。我们狮子。我就喜欢阿斯兰这点。没有架子，不盛气凌人。我们狮子。那意思就是它和我呀。”它一直说来说去，至少说到阿斯兰把三个小矮人、一个树精、两只兔子和一只刺猬放到它背上，这才把它稳住了。

一切都准备好以后（原来竟是一条大牧羊犬帮着阿斯兰让大家各就各位的），他们就从城堡高墙的豁口处动身了。开头狮子和狗四处乱嗅。可是接着有条大猎狗忽然闻到了气味，叫了起来。此后大家就抓紧时间。全部狗啊，狮啊，狼啊，还有其他参加追捕的动物都把鼻子贴近地面，全速前进，其他的都在它们后面大约半英里处尽快跟着飞跑。这声音倒像英国人在猎狐狸，因为大家不时听见猎犬的吠声，夹杂着另一只狮子的吼声，有时还有更深沉、更可怕的阿斯兰自己的吼声。气味变得越来越容易跟踪，他们也就跑得越来越快了。他们刚刚来到峡谷的最后一个转弯处，露茜就听出在所有这些声音之外，又有另一种声音——那是一种不同的声音，她一听心里就有一种怪异的感觉。那是些呐喊声、尖叫声和金属撞击声。

等她们走出峡谷，露茜立刻就明白其中的原因了。彼得和爱德蒙带了阿斯兰其余的军队正拼命跟她昨晚看见过的那群可怕的动物战斗，只不过如今在日光下，那些动物看上去更怪、更恶、更丑，头数也似乎多得多。阿斯兰的军队——它们是背对着露茜的——看上去少得可怜。而且有好多石像散布在战场上，显然这是女巫使过她的魔杖了。但这会儿

她似乎没使魔杖，她是用石刀在打仗。她在跟彼得作战——双方打得十分激烈，露茜简直看不清是怎么回事；她只看出刀光剑影飞闪，叫人眼花缭乱，看上去倒像有三把刀和三把剑了。这一对在中间厮杀，两边都排成一条战线。不论她朝哪边看，都是一片可怕的情景。

“孩子们，快下来。”阿斯兰叫道。她们俩就此翻滚下来。随后一声怒吼，震撼了西起路灯柱东到海边的纳尼亚整个土地，这只巨兽亲自向白女巫扑去。露茜看见刹那间女巫抬起头来看着它，脸上充满了恐怖和惊讶。接着狮王和女巫就滚成一团了，但女巫被压在下面；这时阿斯兰从女巫老窝里带来参战的全部动物都狂热地朝敌阵中冲去，小矮人用战斧，猎狗用牙齿，巨人用大棒（他的双脚也踩死了好多敌人），独角兽用角，人头马用剑和蹄子。彼得那支累坏了的军队立时士气大振，新上阵的动物们怒吼着，敌人叽里呱啦，尖声喊叫，闹得树林里杀声震天。

17
追猎白鹿

这场战斗在他们赶到后片刻间就全部结束了。大部分敌人在阿斯兰和它的伙伴第一次猛攻时就已送了命，那些还活着的看见女巫死了，不是投降就是逃走了。接下来露茜只知道彼得跟阿斯兰在握手了。她觉得彼得这会儿看上去很怪——他的脸那么苍白，神情严峻，而且他老成多了。

“这都是爱德蒙的功劳，阿斯兰，”彼得说道，“要不是他，我们就要被他们打败了。女巫把我们的军队都变成石头排在两边。可什么也挡不住他。他一路打倒了三个吃人恶魔，一直打到她刚把你的一头豹变成石像的地方。等他靠近她时，他很理智，先用剑劈了她的魔杖，而不是鲁莽地直接向她进攻，害得自己反而被变成一个石像。而所有其他的人正是犯了这个错误。要是我们原先损失没那么严重的话，她的魔杖一断，我们就开始有转机了。他受了重伤。我们必须去看看他。”

他们发现爱德蒙就在离战线不远的后方，由海狸太太负责照看着。他浑身是血，张着嘴，脸色惨白。

“快，露茜。”阿斯兰说。

到了那时，露茜才头一回记起作为圣诞礼物送给她的那瓶珍贵的妙药。她两手抖得厉害，怎么也打不开瓶塞，不过末了她总算打开了，而且在她哥哥嘴里倒了几滴。

“还有别的伤员呢。”阿斯兰说。她却仍然焦急地望着爱德蒙苍白的脸，不知妙药有没有什么效果。

“是啊，我知道，”露茜生气地说，“等一下。”

“人类的女儿，”阿斯兰的声音严肃起来了，“别人也在生死关头，难道一定要更多的人为爱德蒙而死吗？”

“对不起，阿斯兰。”露茜说着站起来跟它一起走去。接下来半小时里他们忙得不可开交——她忙着照顾伤员，它忙着把那些变成石头的动物变回原样。等她终于抽出身子回到爱德蒙那儿时，她发现他已经一个人站在那儿了，不仅伤口长好了，而且看上去比以前还要好；事实上，自从他上了那个讨厌的学校，第一学期他就开始变坏了。如今他已经恢复本来面目，敢于正视你的脸了。阿斯兰就在战场上封他为骑士。

“他知道，”露茜悄悄对苏珊说，“阿斯兰为他做出什么牺牲吗？他知道狮王和女巫的真正协议吗？”

“嘘！不，当然不知道。”苏珊说。

“难道不应该告诉他吗？”露茜说。

“哦，当然不应该，”苏珊说，“那对他太可怕了。如果你是他，想想看你有什么感想？”

“尽管如此，我认为他应该知道。”露茜说。不过这时有人打断了她们的谈话。

那天晚上他们就在原地睡觉。阿斯兰怎么供大家吃饭我可不知道；不过不管怎么说，大伙儿在八点钟左右全都坐在草地上吃了一顿美美的正式茶点。第二天他们开始沿着那条大河往东进发。第三天，大约在吃茶点的时候，他们果然来到了入海口。坐落在小山上的凯尔帕拉维尔城堡高高屹立在他们上面；在他们前方是沙滩、岩石、一个个小小的咸水坑、海草、大海的气息，还有青绿色的万里波涛永远不停地冲击着海滩。哦，还有海鸥的叫声！你们听见过吗？你们还能记得吗？

那天傍晚吃过茶点，四个孩子全都想方设法再到海滩上去，他们脱下鞋袜，光脚在沙滩上玩。不过第二天就严肃得多了。原来那时，在凯尔帕拉维尔的大厅里，在那象牙屋顶的精美大厅里（西门全都挂满了孔雀毛，东门直通大海），阿斯兰当着他们的各位好友，听到号声齐鸣，就庄严地为他们加冕。“彼得国王万岁！苏珊女王万岁！爱德蒙国王万岁！露茜女王万岁！”在震耳欲聋的欢呼声中，阿斯兰领他们坐到四个宝座上。

“在纳尼亚一朝为王，就终身为王。好好记住，人类的儿子！好好记住，人类的女儿！”阿斯兰说。

同时从敞开的东门外传来了雄人鱼和雌人鱼的声音，它们游到靠近城堡台阶的地方，欢唱着向它们的国王和女王致敬。

于是四个孩子坐在宝座上，接受了权杖，他们对所有好友分别犒赏，表示敬意，包括羊怪图姆纳斯、海狸夫妇、巨人伦波布芬、豹、善良的人头马和小矮人，以及另一头狮子。那天晚上在凯尔帕拉维尔举行了一个盛大的宴会，纵情歌舞狂欢，金光闪闪，美酒汩汩，和城堡里的音乐相呼应的是海上传来的那种更奇妙、更甜美、更扣人心弦的仙乐。

但就在这场欢庆中，阿斯兰悄悄地溜走了。两位国王和两位女王注意到它不在了，倒也没说什么。因为海狸先生曾经对他们有言在先。“它是来去自由的，”它说，“你们今天看见它，改天就看不见了。它不喜欢被拴住——当然还有别的国家要它去操心。这没关系。它会常常来的。只是你们不能逼它。要知道它性子野，不像驯化了的狮子。”

现在呢，你们也看得出，这故事就快讲完了（不过还没完呢）。话说这两位国王和两位女王管理纳尼亚，倒也搞得长治久安，快快活活。一开头他们大部分时间都花在搜寻白女巫军队的残余并消灭他们上。长期以来确实也有潜伏在森林中偏僻地带的坏蛋作恶的消息——到处捣乱，杀人，这个月看见一个狼人，下个月又谣传出现巫婆。不过到头来所有的祸害都被消灭了。他们制定了完善的法律，维持社会治安，保护好树木不受滥砍滥伐，不让年轻的小矮人和树精被强迫上学，严禁人家多嘴多舌、爱管闲事，鼓励愿意安居乐业的普通百姓安定下来。他们赶走了胆敢越过纳尼亚北部边境的凶猛巨人（这些巨人跟伦波布芬大不相同）。他们跟海外一些国家结成友好同盟，对那些国家进行国事访问，并接待对方的访问。岁月流逝，他们自己也都长大成人，起了变化。彼得变成一个身材高大、胸脯厚实的男人，一个伟大的武士，人称至尊王彼得。苏珊长成一个身材颀长，举止文雅的女人，一头黑发几乎拖到脚跟，海外一些国王开始纷纷派大使来向她求婚，人称温柔女王苏珊。爱德蒙比起彼得来显得更严肃、更沉默，善于掌握议会和主持审判，人称公正王爱德蒙。至于露茜，她一向无忧无虑，而且是满头金发，那一带所有的王子都想娶她为王后，国内人民称之为英勇女王露茜。

于是他们就这样过着欢欢喜喜的日子，如果他们想到过他们在人世间的生活，也只是像人们想起一个梦似的。有一年，图姆纳斯（如今这只羊怪也到了中年，身子也开始发胖了）顺河下来给他们带信说，白鹿又出现在他这一带了——如果你抓到白鹿，白鹿就可以让你实现愿望。于是两位国王和两位女王带上他们宫廷里的文武百官，还带着号角、猎犬，骑着马到西部森林去追踪白鹿了。他们去了不久就看到了白鹿的身影，白鹿领着他们飞快地翻山越岭，历尽艰险，折腾得所有大臣的马都累倒了，只有这四个国王仍然紧追不舍。他们看见那只鹿钻进一片灌木丛中，坐骑进不去。于是彼得国王说（如今他们在朝执政已经多年，所以说话的口气也大不一样了）:“各位王弟王妹，现在让我们下马，跟随那畜生进入灌木丛吧；因为我生平从未打到过一只比这更高贵的猎物了。”

“王兄，”其余三个说，“既然如此，我们就走吧。”

于是他们都下了马，把马拴在树上，继续向密林中走去。他们刚走进树林，苏珊女王就说：

“各位，这儿有一大奇迹，我似乎看见了一棵铁树。”

“王姐，”爱德蒙国王说，“如果你好好看一看，就会看出这是一根铁柱，顶上装了一盏灯。”

“真是的，想得倒怪，”彼得国王说，“把灯装在周围树木这么密、这么高的地方，就是灯亮着也照不见人。”

“王兄，”露茜女王说，“很可能这根柱子和这盏灯装在这儿的时候，这地方只有小树，也可能树木稀，也可能没树。因为这里是幼林，而铁柱是老的。”于是他们都站在那儿望着铁柱。后来爱德蒙国王说：

“不知道怎么回事，但柱子上的这盏灯对我有种奇怪的影响。在我脑子里闪过，以前我好像见过类似的东西，似乎是个梦，或者是梦中梦。”

“王弟，”他们大家都回答说，“我们也这样想。”

“而且，”露茜女王说，“我脑子里老在想，只要我们走过这根柱子和灯，我们就会有种种奇遇，或者命运就要发生大大的变化。”

“王妹，”爱德蒙国王说，“我心里也有类似的预感。”

“我也是，王弟。”彼得国王说。

“我也这么想，”苏珊女王说，“因此依我之见，我们还是悄悄地回到我们拴马的地方，不要再追踪这只白鹿了。”

“王妹，”彼得国王说，“这一点我要请你原谅。因为我们四个自从在纳尼亚当了国王和女王以来，我们不论着手进行什么大事，诸如战争、审讯、比武、执法之类，都没有半途而废过；我们总是一旦着手，就必定贯彻到底的。”

“王姐，”露茜女王说，“王兄说得对。而且我觉得，要是我们为了任何恐惧或预感就回去，不再追捕一只那么高贵的野兽，似乎太不像话了。”

“我也这么想，”爱德蒙国王说，“我一心想发现这东西的意义，就是拿整个纳尼亚最珍贵的珠宝和所有的岛屿来换，我也决不回去。”

“那么以阿斯兰的名义起誓，”苏珊女王说，“如果你们都要这样做，那就让我们走下去，不管将遇上什么奇事都听之任之吧。”

于是两位国王和两位女王走进了灌木丛，他们刚走了几步就全想起来了，他们看见的那东西叫作路灯柱，再走了不到二十步，他们发现不是在树枝间摸索着走路，而是在大衣堆里走路。不一会儿他们全都从大衣柜的一扇门里滚到空房间里了，而且他们也不再是穿着猎装的国王和女王，而是穿着过去的衣服的彼得、苏珊、爱德蒙和露茜。时间还是他们躲进大衣柜的同一天，同一个时辰。麦克里迪太太和参观的客人还在过道里谈话；不过幸好他们没到这空房间里来，因此孩子们也没被他们发现。

要不是他们觉得真的必须对教授说清他大衣柜里丢失四件大衣的原因，这个故事本来也就结束了。而教授呢，他是一个非常了不起的人，他并没教训他们别瞎说，或者别说谎，而是相信了整个故事。“不，”他说，“我认为想再从衣柜里去拿回那些大衣没什么好处。你们不要从那条路再回纳尼亚去了。即使拿回来，那些大衣也没多大用处。啊？什么？是啊，有一天你们当然会回纳尼亚去。在纳尼亚一朝为王，就终身为王嘛。不过你们不要再走同一条路线。真的，千万别想方设法上那儿去。你们不去找它，它自会出现。而且，即使在你们自己之间也别多谈这件事。也别对任何外人说起，除非你们发现他们也有过类似的奇遇。什么？你们怎么会知道？哦，你们准会知道的。碰上怪事，他们说的话——甚至他们的神情——会露出马脚的。你们留心好了。天哪，他们那些学校是怎么教他们的啊？”

这就是大衣柜奇遇的结尾了。不过如果教授说得对的话，这只是纳尼亚奇遇的开始。

纳尼亚年代

1 阿斯兰创立纳尼亚

180 弗兰克国王的次子建立阿钦兰王国

204 阿钦兰的一些反叛者穿过南边的沙漠，建立卡乐门王国

300 卡乐门王国扩张，把纳尼亚西边的台尔马变成自己的殖民地

302 国王加尔从恶龙手中解放孤独群岛，并使之成为纳尼亚的一部分

407 国王奥尔文打败了双头巨人皮尔，形成了皮尔峰

460 一群来自人类世界的海盗占领了台尔马

898 白女巫简蒂丝回到纳尼亚，自封为女王

900 在白女巫的魔法之下，纳尼亚陷入寒冬

1000 佩文西四兄妹从魔衣柜进入纳尼亚，白女巫被击败，寒冬结束，彼得成为至尊王

1014 阿钦兰国王伦恩找到失散多年的王子科奥

1050 拉姆继承科奥的王位，成为阿钦

地球时间

丁斯荒原
斯布力河
River Shribble
northern marsh
北部沼泽
N
W
E
S
owlwood
猫头鹰森林
Battle Field
战斗地
凯尔帕拉维尔
Cair Paravel
阿斯兰营地
aslan's camp
Galma
加尔马
Fords of Beruna
柏卢纳渡口
拉什河
Rush River
the stone table
石桌
dancing lawn
跳舞的草地
Glasswater creek
清水湾
stormness head
暴风雨峰
anvard
安瓦德
winding arrow river
旋箭河
阿钦兰

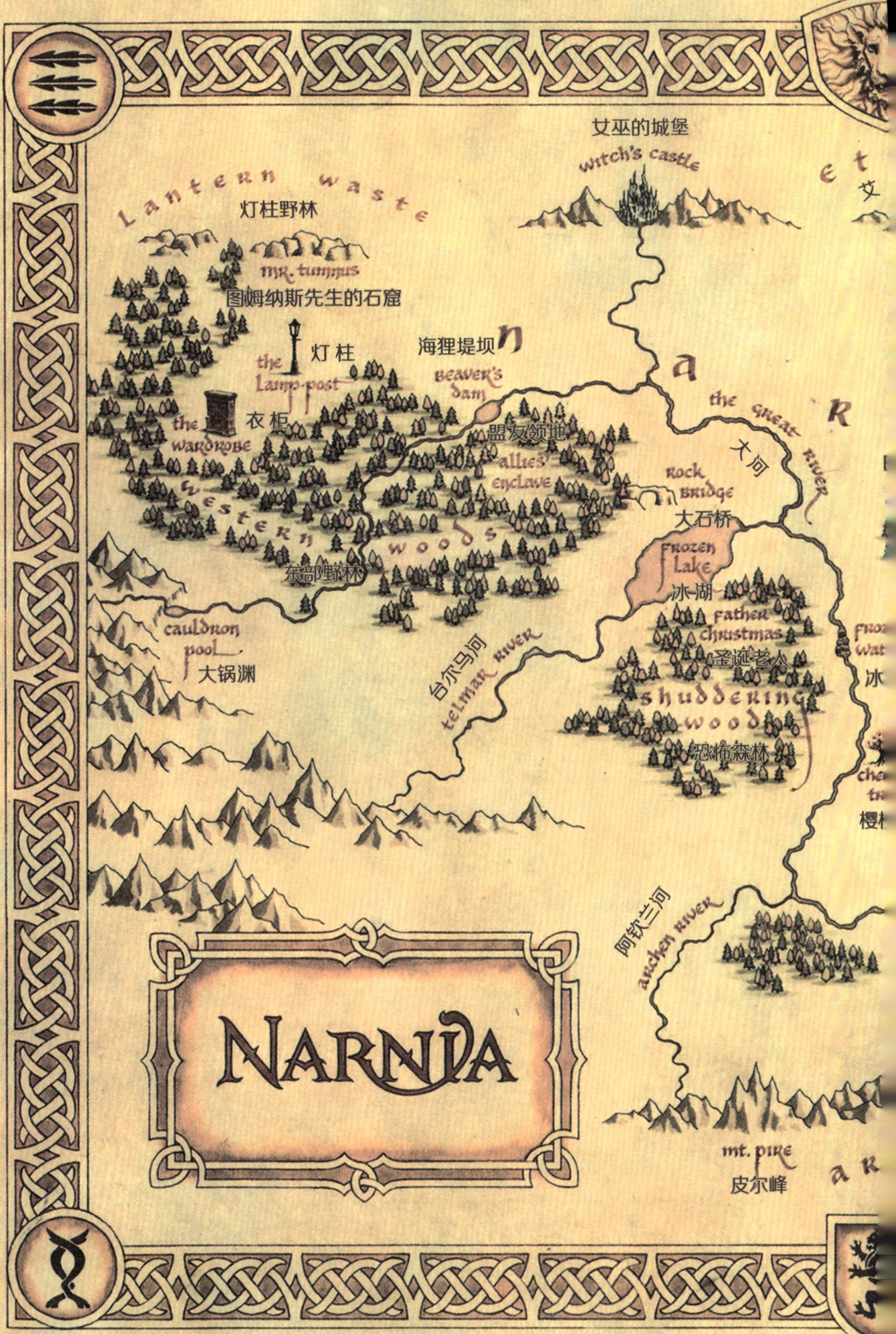
女巫的城堡
witch's castle
Lantern waste
灯柱野林
mr. tumnus
图姆纳斯先生的石窟
the lamp-post
灯柱
海狸堤坝
beaver's dam
the wardrobe
衣柜
盟友领地
allies' enclave
western woods
东部野林
the great river
大河
rock bridge
大石桥
frozen lake
冰湖
father christmas
圣诞老人
shuddering wood
恐怖森林
cauldron pool
大锅渊
台尔马河
telmar river
阿钦兰河
archen river
NARNIA
mt. pire
皮尔峰

迪格雷 出生 1888
波莉 出生 1889
魔戒把波莉和迪格雷带入纳尼亚 1900
彼得·佩文西 出生 1927
苏珊·佩文西 出生 1928
爱德蒙·佩文西 出生 1930
露茜·佩文西 出生 1932
尤斯塔斯和吉尔 出生 1933
彼得、苏珊、爱德蒙和露茜从魔衣柜进入纳尼亚 1940
彼得、苏珊、爱德蒙和露茜被魔号召唤到纳尼亚 1941
夏 爱德蒙、露茜和尤斯塔斯加入凯斯宾的远航
秋 尤斯塔斯，吉尔突然进入纳尼亚 1942
去往纳尼亚的终极旅程 1949

1998 凯斯宾一世带领台尔马人入侵纳尼亚，成为纳尼亚的国王
2090 凯斯宾王子出世，弥若兹篡权
2303 凯斯宾王子击败弥若兹，成为国王
2304 凯斯宾十世击败北方的巨人
2306—2307黎明踏浪号远航
2310 凯斯宾十世娶拉曼杜的女儿为妻
2325 王子瑞廉出生
2345 凯斯宾十世的妻子被毒蛇杀害，王子瑞廉失踪
2356 尤斯塔斯、吉尔进入纳尼亚，解救王子瑞廉
2334 灯柱野林突遭砍伐
2555 最后一战，纳尼亚终结